Yukon Ho!

por Bill Watterson

Calvin & Haroldo é um quadrinho criado por Bill Watterson e distribuído internacionalmente pela Universal Press Syndicate. *Yukon Ho!* foi originalmente publicado nos Estados Unidos pela Andrews McMeel Publishing, uma empresa da Andrews McMeel Universal, Kansas City, MO.

Capa: Marcos R. Sacchi (com base na edição original)
Tradução: André Conti
Edição: Marcelo Yamashita Salles
Letras: Lilian Mitsunaga
Revisão: Monika Kratzer e Vivian Miwa Matsushita
Produção Gráfica: Alberto Gonçalves Veiga
CTI: Wilson de Castilho
Gráfica: RR Donnelley

Dados Internacionais de Catalogação na Publicação (CIP)
(Câmara Brasileira do Livro, SP, Brasil)

Watterson, Bill
Calvin e Haroldo : Yukon ho! / por Bill Watterson ; tradução André Conti. -- São Paulo : Conrad Editora do Brasil, 2008.

Título original: Yukon ho!
ISBN 978-85-7616-311-4

1. Histórias em quadrinhos I. Título.

08-06014 CDD-741.5

Índices para catálogo sistemático:

1. Histórias em quadrinhos 741.5

CONRAD EDITORA
Rua Simão Dias da Fonseca, 93 – Aclimação
São Paulo – SP 01539-020
Tel.: 11 3346.6088 / Fax: 11 3346.6078
atendimento@conradeditora.com.br
www.conradeditora.com.br

A Cânção do Yukon

Pegue o trenó, meu amigo felino
Fiz um lanche pra gente levar
Estamos prontos, e o nosso destino
É partir e não mais voltar!

Pros diabos com a velha vida!
Adeus, mamãe e papai.
Cânsamos da rotina sofrida.
E, ao rabanete, diremos não mais!

Quero que a vida tenha sentido.
Quero brincar na neve o ano inteiro
E não meus pais berrando no ouvido
"O seu quarto está um chiqueiro".

Yukon é onde queremos morar!
Não há outra alternativa
Lá vamos gritar e xingar
E agir de maneira primitiva.

E àquela escola nefasta
Não mais iremos voltar
Aos professores tirânicos, um basta
Ninguém vai me ensinar a somar.

Legume é uma grande bobagem
Espinafre não faz crescer
De agora em diante serei um selvagem
E só uso garfo se eu bem entender!

Nossos amigos serão os lobos
Vamos dormir tarde e com eles uivar
A noite inteira sentados num toco
E de manhã queremos caçar.

Espero estar sendo enfático:
Em mim ninguém vai mandar!
Ó terras geladas do Ártico!
Isso é que é vida! Mal posso esperar!

Nada de regras pra nós!
O tempo sem neve acabou.
Já vão tarde os adultos bocós!
Estamos partindo! *Yukon Ho!*

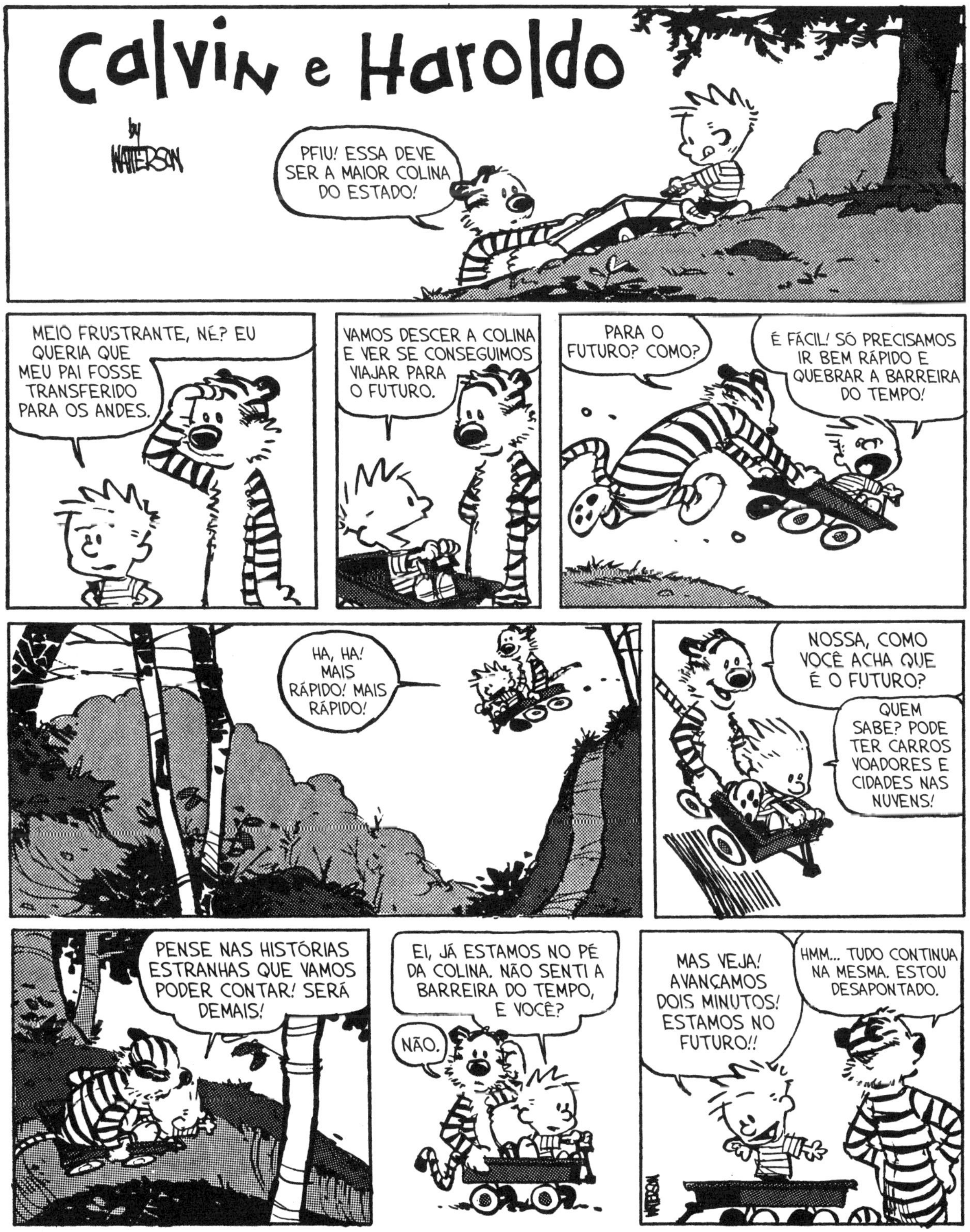
Calvin e Haroldo
by WATTERSON
PFIU! ESSA DEVE SER A MAIOR COLINA DO ESTADO!
MEIO FRUSTRANTE, NÉ? EU QUERIA QUE MEU PAI FOSSE TRANSFERIDO PARA OS ANDES.
VAMOS DESCER A COLINA E VER SE CONSEGUIMOS VIAJAR PARA O FUTURO.
PARA O FUTURO? COMO?
É FÁCIL! SÓ PRECISAMOS IR BEM RÁPIDO E QUEBRAR A BARREIRA DO TEMPO!
HA, HA! MAIS RÁPIDO! MAIS RÁPIDO!
NOSSA, COMO VOCÊ ACHA QUE É O FUTURO?
QUEM SABE? PODE TER CARROS VOADORES E CIDADES NAS NUVENS!
PENSE NAS HISTÓRIAS ESTRANHAS QUE VAMOS PODER CONTAR! SERÁ DEMAIS!
EI, JÁ ESTAMOS NO PÉ DA COLINA. NÃO SENTI A BARREIRA DO TEMPO, E VOCÊ?
NÃO.
MAS VEJA! AVANÇAMOS DOIS MINUTOS! ESTAMOS NO FUTURO!!
HMM... TUDO CONTINUA NA MESMA. ESTOU DESAPONTADO.
WATTERSON

NÃO PUDE LER PORQUE MEUS PAIS ESQUECERAM DE PAGAR A CONTA DE GRAVIDADE.

TENTE PREVER ALGUMA COISA, HAROLDO.
POR QUÊ?
PRA VER SE VOCÊ É VIDENTE.
OK, PREVEJO QUE VOCÊ SENTIRÁ ATRAÇÃO INCONTROLÁVEL POR UMA POÇA DE LAMA.
!
HA, HA. FIQUE LONGE DE MIM.
VAI SE TORNAR REALIDADE! ESTOU SENTINDO!

CÉUS! VOCÊ ESTÁ IMUNDO. JÁ PARA A BANHEIRA.
MEU CORPO OBEDECE, MAS MEU ESPÍRITO NÃO.
NÃO ESTOU OUVINDO A TORNEIRA!
DIACHO.

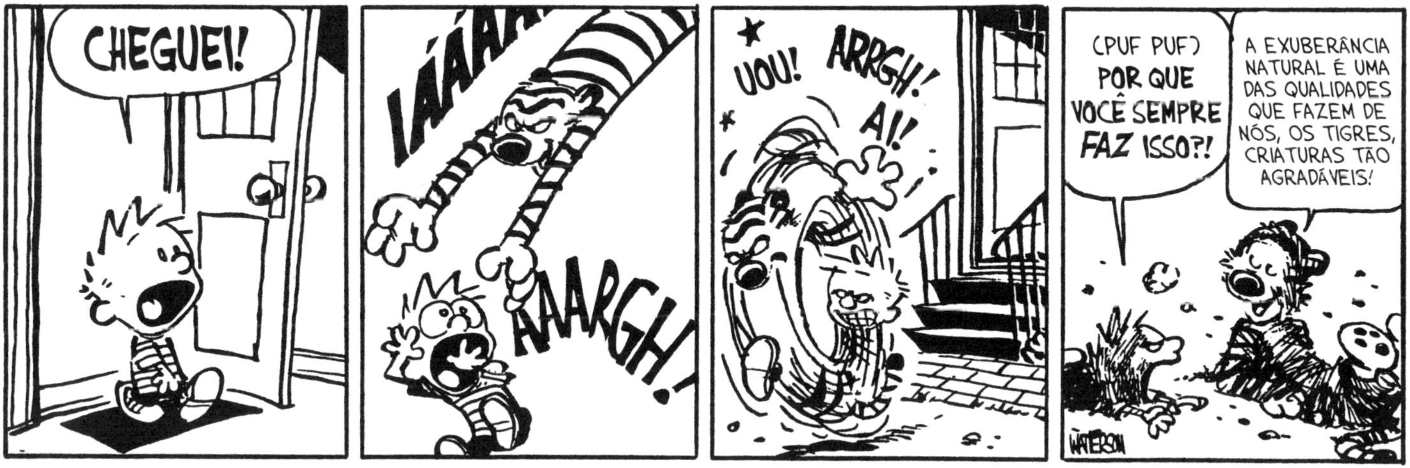
CHEGUEI!
AAARGH!
UOU! ARRGH! AI!
(PUF PUF) POR QUE VOCÊ SEMPRE FAZ ISSO?!
A EXUBERÂNCIA NATURAL É UMA DAS QUALIDADES QUE FAZEM DE NÓS, OS TIGRES, CRIATURAS TÃO AGRADÁVEIS!

CHEGUEI!
IÁÁÁ...
HÃ?? Ô-OU!
HA, HA! PEGUEI VOCÊ!!
TEMPO USADO NO RETORNO, ZERO VÍRGULA OITO SEGUNDOS.
RÁ! TIGRE BOBO.

CHEGUEI!
... OI?
HAROLDO??
SEIS... CINCO... QUATRO...

CHEGUEI.
CHEGUEI.
CHEGUEI!
... E ENTÃO?!?
ENTÃO VOCÊ CHEGOU.

CALVIN TOMA POSIÇÃO E OS ADVERSÁRIOS CORREM PARA O FUNDO DO CAMPO. VEM AÍ MAIS UM *HOME RUN*, SENHORAS E SENHORES.
LÁ VEM A BOLA!
BONC!
NÃO SEM MOTIVOS, O ARREMESSADOR DECIDE BOTAR CALVIN PRA CORRER.

Calvin e Haroldo
by WATERSON
"ANTES DE INICIAR QUALQUER REPARO NO ENCANAMENTO, VERIFIQUE SE TEM TODAS AS FERRAMENTAS NECESSÁRIAS PARA O TRABALHO."
"CHEQUE A LISTA DE PALAVRÕES ÚTEIS E VEJA SE SABE COMO USÁ-LOS."
CALVIN ACORDA UM DIA E DESCOBRE QUE NÃO EXISTE MAIS NA TERCEIRA DIMENSÃO! ELE ESTÁ 2-D!
MAIS FINO QUE UMA FOLHA DE PAPEL, CALVIN NÃO TEM SUPERFÍCIE NA PLANTA DOS PÉS PARA SE SUSTENTAR! ELE NÃO PODE SE MOVER!
SOMENTE "ONDULANDO" O CORPO É QUE CALVIN CONSEGUE CRIAR FRICÇÃO NO CHÃO SUFICIENTE PARA SE MOVER!
COM LARGURA MAS SEM DENSIDADE, CALVIN ESTÁ VULNERÁVEL AO MAIS TÊNUE SOPRO DE VENTO.
PARA NÃO SER LEVADO PELA BRISA, ELE SE TRANSFORMA EM UM TUBO E ROLA PELO CHÃO!
WATERSON
ALGUÉM ESTÁ VINDO! CALVIN RAPIDAMENTE FICA DE PÉ.
DE PERFIL, ELE SE TORNA UMA LINHA VERTICAL QUASE INVISÍVEL! NINGUÉM VAI NOTÁ-LO!
EI, PAI, SABE POR QUE VOCÊ NÃO ME VIU A MANHÃ TODA?? EU ESTAVA BIDIMENSIONAL!
HMMM, APOSTO QUE VOCÊ NÃO CONSEGUE CONTINUAR BIDIMENSIONAL A TARDE INTEIRA TAMBÉM...
QUERIDO!

EI, PAI, COMO FUNCIONA O CARBURADOR?
NÃO POSSO CONTAR.
POR QUE NÃO?
É SEGREDO.
NÃO É, NÃO! VOCÊ É QUE NÃO SABE!

ESSE É UM TRABALHO PARA...
AACKK!
UAAUGHHH!!
PARA...?
... OUTRA PESSOA.

OLHA! UM VAGA-LUME!
SEU TRASEIRO NÃO ESTÁ ACESO, SE É ISSO O QUE QUER SABER.
NÃO SEI NEM QUAL MÚSCULO FLEXIONAR.

Calvin e Haroldo
by WATTERSON
O CRÍQUETE É UM JOGO DE CAVALHEIROS.
DIFÍCIL DE ACREDITAR.
JÁ JOGUEI ANTES E VOU TE CONTAR, A TENTAÇÃO DE USAR ESSE TROÇO PARA O MAL É TERRÍVEL...
EI, NÃO DEIXE OS AROS TÃO SEPARADOS.
É ASSIM QUE ELES DEVEM FICAR.
NÃO É NÃO, SEU TRAPACEIRO. VOCÊ SÓ FEZ ISSO PORQUE CONSEGUE BATER MAIS FORTE NA BOLA DO QUE EU.
TRAPACEIRO?? QUEM PEGOU A BOLA VERMELHA DA SORTE QUANDO EU NÃO ESTAVA OLHANDO?
EU ESCOLHI PRIMEIRO PORQUE DA ÚLTIMA VEZ FOI VOCÊ!
MENTIRA! VOCÊ SEMPRE PEGA A BOLA VERMELHA DA SORTE PRIMEIRO!
VAI ME CHAMAR DE MENTIROSO, É? BOM, VOCÊ NÃO PASSA DE UM CABEÇA-DE-TITICA! AQUI PRA VOCÊ!
PFFBPBPFFPT!
BOCA-DE-PINICO! BOCA-DE-PINICO! O CALVIN TEM BOCA-DE-PINICO!
VOCÊ ESTÁ PEDINDO PARA FICAR SEM DENTES, ESPERTINHO!
É? COM QUE EXÉRCITO? VOCÊ NÃO CONSEGUE NEM QUEBRAR UM DENTE DE MOSQUITO!
RÁ! MOSQUITOS NÃO TÊM DENTES! OLHA SÓ COMO VOCÊ É BURRO!
PERTO DE VOCÊ EU SOU O EINSTEIN! SOLTA MINHA PERNA!
AI! POR QUE VOCÊ NÃO VAI PLANTAR BATATAS, SEU CIRCO DE PULGAS AMBULANTE?
PULGA É QUEM FALA! SEU BANANA! POR QUE VOCÊ NÃO VAI BRINCAR NO LIQUIDIFICADOR?
ESTÁ FICANDO ESCURO, CALVIN. JÁ PARA DENTRO!
AH, MÃE, ESTAMOS BEM NO MEIO DE UM JOGO DE CRÍQUETE.

HORA DE DORMIR, CALVIN.
VIVEMOS NUM PAÍS LIVRE. POSSO FAZER O QUE EU QUISER.
BOA NOITE.
COMUNISTAS!

AH, NÃO. PRECISO IR AO BANHEIRO. OS MONSTROS VÃO ME PEGAR ASSIM QUE EU BOTAR OS PÉS NO CHÃO.
JÁ SEI! VOCÊ PODE USAR O TRAVESSEIRO COMO ISCA. ENQUANTO OS MONSTROS O DEVORAM, VOCÊ PASSA CORRENDO.
BOA IDÉIA!
ESTOU SAINDO DA CAMA AGORA! OLHA SÓ, TODO GORDUCHO E FOFINHO.
ELES CAÍRAM! CRUZES, OLHA ESSAS PENAS VOANDO! MELHOR VOCÊ SE APRESSAR!
NÃO, DECIDI FICAR AQUI E MOLHAR A CAMA. SE VOCÊ QUISER SAIR, POR MIM TUDO BEM.

BOMBARDEADO POR FÓTONS DE ALTA VOLTAGEM, CALVIN SE TRANSFORMA NUM RAIO X AMBULANTE!
EMBORA SUA CONDIÇÃO FACILITE FUTUROS DIAGNÓSTICOS MÉDICOS, ELA TORNA A PRESENÇA DE CALVIN NA JANTA UM INCÔMODO NOJENTO.
TODOS PODEM VER A COMIDA DE CALVIN SENDO TRITURADA NUMA PAPA E ENGOLIDA! NESSE MOMENTO, CALVIN MASTIGA UMA GRANDE COLHERADA DE MINGAU DE MILHO!
PELO AMOR DE DEUS, FECHE A BOCA ENQUANTO MASTIGA!! VOCÊ ACHA QUE ALGUÉM QUER VER ISSO?!
UNGH! SMACK! BLAAGH!

AQUI ESTÁ A CIDADEZINHA.
E AQUI A ESCAVADEIRA, ABRINDO UM BURACO GIGANTE.
LÁ VEM O TRATOR, EMPURRANDO MILHARES DE TONÉIS DE LIXO NUCLEAR PARA DENTRO DO BURACO GIGANTE.
AO LONGO DOS ANOS, ESSE VENENO PODEROSO SE INFILTRA NO LENÇOL D'ÁGUA.
OS CASOS DE CÂNCER NAS CIDADES VIZINHAS TRIPLICAM.
SE PRECISAR DE MIM, ESTOU DEBAIXO DA CAMA.

STRIKE?? A BOLA PASSOU A DOIS METROS DA MINHA CABEÇA.
RÁ! FOI UM ARREMESSO PERFEITO! VOCÊ É QUE É BAIXINHO!
AH, É? BEM, E VOCÊ É ESTÚPIDO DEMAIS!
BEM, VOCÊ É FEIO DEMAIS!
CHUTE CHUTE CHUTE
CHUTE CHUTE CHUTE CHUTE CHUTE
CHUTAR TERRA É A ÚNICA COISA DA QUAL REALMENTE GOSTAMOS NESSE JOGO.

QUER APRENDER UM TRUQUE ENGRAÇADO? QUANDO A PESSOA NÃO ESTIVER OLHANDO, VOCÊ AMARRA OS CADARÇOS DELA UM NO OUTRO!
HA, HA! QUE DEMAIS! VAMOS ACHAR UM OTÁRIO PARA CAIR NESSA!
É!
CLUNC!
PUXA VIDA!
HU HU HU HU HU HU HU
PULO
PULO

ESTOU COM FOME. POSSO COMER ALGUMA COISA?
CLARO. SIRVA-SE.
PODE PEGAR UMA MAÇÃ OU UMA LARANJA NA GELADEIRA.
EMBORA USEMOS O MESMO IDIOMA, NÃO ESTAMOS FALANDO A MESMA LÍNGUA.

RAPAZ, ADORO AS FÉRIAS DE VERÃO.
JÁ DÁ PRA SENTIR O CÉREBRO COMEÇANDO A ATROFIAR.
SHHH...

Calvin e Haroldo
by WATTERSON
ESTOU SAINDO, MÃE!
ANOTE MEUS RECADOS.
CALVIN OLHA AO SEU REDOR. ALGUMA COISA MUDOU.
ATRÁS DELE, UMA ÁRVORE ESQUISITA SAI LENTAMENTE DA TERRA. MAS NÃO É UMA ÁRVORE! É UMA PERNA!
AH, NÃO! CALVIN ESTÁ DO TAMANHO DE UM INSETO *PARA* OS INSETOS! ELE CORRE PARA SALVAR SUA VIDA!
WATTERSON
O IMPACTO DA PATADA É ENSURDECEDOR! O INSETO ESTÁ TENTANDO PISOTEAR CALVIN! QUE DESTINO HORRÍVEL!
CALVIN LUTA FURIOSAMENTE, PROMETENDO A SI MESMO QUE NUNCA MAIS PISARÁ NUM INSETO SE VOLTAR AO TAMANHO NORMAL!
DE REPENTE, O INSETO DESAPARECE NUM JATO DE GOSMA! UM SAPO MONSTRUOSO LAMBE OS BEIÇOS! CALVIN ESTÁ SALVO!
AAAAI! O QUE É ISSO NO MEU PRATO?! PELO AMOR DE DEUS, TIRA ISSO DA MESA!!
MAS, MÃE, OS SAPOS SÃO NOSSOS *AMIGOS*.

OLHE, HAROLDO, UM TAPETE MÁGICO!
O QUE HÁ DE TÃO MÁGICO NELE?
TAPETES MÁGICOS VOAM! VOCÊ PODE PILOTÁ-LOS.
ESSE AQUI NÃO É O TAPETE DO CORREDOR?
UPA, TAPETE! UPA!
EI, DEU CERTO! OK, TAPETE, VELOCIDADE DA LUZ CINCO!
MAS ISSO É PERMITIDO? VOCÊ TEM BREVÊ E SEGURO?
UAU! NUNCA ESTIVE NUM TAPETE VOADOR ANTES.
HMMM... NEM EU.
OK, TAPETE, AVANTE A 10 MIL PÉS!
VUIIIIMM
CARAMBA, ISSO É BEM MELHOR DO QUE ANDAR DE CARRO COM MINHA MÃE. VAMOS DAR UMA VOLTA NO SHOPPING!
A GENTE GANHA AMENDOIM DURANTE O VÔO?
EI, VAMOS VOAR ATÉ O ESCRITÓRIO DO MEU PAI, NO CENTRO!
RÁ! APOSTO QUE ELE VAI TOMAR UM SUSTO AO VER A GENTE NA JANELA DO 20º ANDAR!
E SE ELE FICAR BRAVO PORQUE A GENTE PEGOU O TAPETE DO CORREDOR?
POR QUE ELE FICARIA BRAVO? NÓS LIMPAMOS OS PÉS ANTES DE SUBIR.
É, MAS TODA ESSA QUILOMETRAGEM ATÉ O CENTRO PODE DIMINUIR O VALOR DE REVENDA.

OK, ACHO QUE AQUELE É O PRÉDIO DO PAPAI.
NÃO SEI DIREITO QUAL É A SALA DELE, ENTÃO VAMOS OLHANDO AS JANELAS NO CAMINHO.
EI! LÁ ESTÁ ELE! É O MEU PAI! PAI, OLHE! AQUI FORA!!
DROGA! ELE AINDA ESTÁ LENDO AQUELE PAPEL. OLHE PELA JANELA, PAI!
VOCÊ TROUXE UMAS PEDRAS? NEM PENSEI NISSO.

EI, PAI! OLHE PELA JANELA! ... NÃO ACREDITO QUE ELE NÃO VAI NEM SE MEXER.
POR QUE NÃO OLHA PRA CÁ?
DEVE ESTAR BEM OCUPADO.
É, MAS NÃO PODEMOS ESPERAR O DIA INTEIRO! PFFFF. VAMOS EMBORA.
SE ELE TIVESSE VISTO, A GENTE PODIA ATÉ DAR UMA CARONA PARA CASA.
HUNF. POR MIM, ELE QUE PEGUE AQUELE ÔNIBUS FEDORENTO, JÁ QUE NÃO CONSEGUE NEM OLHAR PELA JANELA. AZAR O DELE.

CHEGUEI!
PAI! HOJE EU E O HAROLDO VOAMOS ATÉ O SEU ESCRITÓRIO NUM TAPETE! NÓS VIMOS VOCÊ TRABALHAR.
ACENAMOS E GRITAMOS, MAS VOCÊ NEM OLHOU. NÃO DEU PARA ACREDITAR. VOCÊ PERDEU TUDO!
ACHEI QUE TÍNHAMOS CORTADO O AÇÚCAR DA ALIMENTAÇÃO DELE.

Calvin e Haroldo
by WATTERSON
OBA OBA OBA OBA OBA OBA OBA OBA OBA OBA OBA OBA OBA OBA OBA OBA
ESPERA AÍ! ESPERA AÍ! TENHO QUE APROVEITAR O MOMENTO! A GENIALIDADE DE TUDO! EU SOU BRILHANTE! TOTALMENTE BRILHANTE!
A SUSIE ESTÁ BRINCANDO NA CALÇADA! É A MINHA CHANCE DE USAR A BOLA DE NEVE QUE GUARDEI NO FREEZER!
ELA NUNCA VAI ESPERAR UMA BOLA DE NEVE NO VERÃO! NOSSA, ELA VAI FICAR LOUCA! HA, HA, HA!
ISSO VAI SER DEMAIS! LÁ VAI! ISSO! ISSO!
EI, SUSIE!!
PIFF
WATTERSON
EU ERREI! DROGA DROGA DROGA!! QUE AZAR MISERÁVEL!
AAARRGHH!
DEVE TER SIDO O VENTO! NÃO ACREDITO! GUARDEI ESSA BOLA DE NEVE POR TRÊS LONGOS MESES! EU...
JUNTA JUNTA
EU... EU... HÃ...
POF
A IRONIA DISSO TUDO É ULTRAJANTE.

O ANO ESTÁ CHEGANDO AO FIM, PAI.
SE VOCÊ PENSA EM SE CANDIDATAR A "PAI" OUTRA VEZ, É MELHOR COMEÇAR A TRABALHAR NA CAMPANHA.
PARA SER SINCERO, AS PESQUISAS VÃO MAL. NÃO ACHO QUE VOCÊ TENHA MUITAS CHANCES DE CONTINUAR NO CARGO.
MINHA SORTE É QUE QUASE NINGUÉM QUER O CARGO.
COMENTÁRIOS PETULANTES COSTUMAM ATRAPALHAR MUITOS CANDIDATOS, SABIA?

O CAMALEÃO PERMANECE IMÓVEL.
É INCRÍVEL COMO ELE MUDA DE COR PARA SE CONFUNDIR COM O AMBIENTE.
MOMENTOS DEPOIS, ELE ESTÁ PRATICAMENTE INVISÍVEL.
ESTOU VENDO VOCÊ AÍ ATRÁS! VENHA JÁ LIMPAR ESSA BAGUNÇA NA COZINHA!

NÃO SE MEXA. TEM UM PERNILONGO GIGANTE NA SUA CABEÇA.
PAF!
DÁ PRA ACREDITAR? EU ERREI!
!
ME DESCULPE POR TER TENTADO AJUDAR! VOCÊ PREFERE PASSAR O DIA TODO SE COÇANDO POR CAUSA DE UMA PICADA? ÓTIMO! CAI FORA.
NÃO, ESPERE. TEM UM PERNILONGO EM VOCÊ.

QUERO BRINCAR DE CAVALINHO!
ESTOU OCUPADO, CALVIN.
SABE, PAI, LOGO, LOGO VOU CRESCER. UM DIA VOCÊ VAI ACORDAR E SE PERGUNTAR PARA ONDE FORAM TODOS ESSES ANOS.
VOCÊ VAI OLHAR PARA TRÁS E DIZER "COMO O TEMPO PASSOU RÁPIDO! O CALVIN ESTÁ TÃO GRANDE QUE LÁ SE FOI A ÉPOCA EM QUE EU AINDA CONSEGUIA CARREGAR ELE NOS OMBROS". MAS AQUELES DIAS TERÃO SE PERDIDO PARA SEMPRE.
ACHO QUE AGORA JÁ COMPENSEI MINHA CULPA EM POTENCIAL.
NÃO, NÃO! PULE A CERCA!

EU LI QUE AS MENINAS SÃO FEITAS DE "AÇÚCAR, MEL E ESTRELAS DO CÉU".
JÁ OS MENINOS SÃO FEITOS DE "LESMAS DO MORRO E RABO DE CACHORRO".
HUNF.
ENTÃO DO QUE SÃO FEITOS OS TIGRES?
DE "VERDES LIBÉLULAS E GAFANHOTOS GRIPADOS, MAS SOBRETUDO DE MOLEQUES MASTIGADOS".
ESPERTINHO.

VOCÊ TEM DINHEIRO?
NÃO.
HMM... E ONDE VAMOS ARRUMAR UM POUCO?
VOCÊ CONHECE ALGUÉM QUE POSSAMOS PROCESSAR?

Calvin e Haroldo
by WATTERSON
O QUE HÁ DE ERRADO COM VOCÊS, PEIXES? POR QUE NÃO MORDEM ESSA MINHOCA GRANDE, GORDA E SUCULENTA?
... ALÉM DO ÓBVIO, É CLARO.
PUXA VIDA, EU ODEIO PESCAR. É O MAIOR TÉDIO!
OLHA, TEM UM MONTÃO DE PEIXES ALI, MAS ELES NÃO MORDEM A ISCA! PORCARIA DE PEIXES!
DIABOS, NÃO VOU PASSAR O DIA INTEIRO SENTADO, ESPERANDO ELES FICAREM COM FOME! AQUI, ME AJUDA COM ESSA PEDRA.
NÓS JOGAMOS ELA NA ÁGUA E EXPLODIMOS OS PEIXES PARA FORA. DEPOIS É SÓ PEGAR ELES COM A MÃO.
FORÇA!
OK, FOI UMA MÁ IDÉIA! MAS EU ME MOLHEI TAMBÉM, CERTO?
NÃO, NÃO, A SUA IDÉIA FOI ÓTIMA! A GENTE SÓ NÃO JOGOU UM OBJETO GRANDE O BASTANTE!
WATTERSON

... ENTÃO, MÃE, POSSO?
POR FAVOR?
... POOORFAVOR?
EU AINDA NÃO ACHO QUE ESSE "OLHAR BAMBI" VÁ LHE RENDER UM LANÇA-CHAMAS.
TALVEZ EU DEVESSE FUNGAR UM POUCO, NÃO?

QUE DIA PERFEITO!
SE NÃO **ACONTECER** ALGUMA COISA LOGO, EU VOU PIRAR.

EI, HAROLDO, QUER VER UM BRUTAMONTE?
UM BRUTAMONTE?
VEM CÁ!
VIU SÓ, É UM BRUTA MONTE.
WATTERSON
VOCÊ NÃO ESTÁ RINDO.
NÃO TEM GRAÇA.

AMANHÃ É O DIA DA INDEPENDÊNCIA.
A DECLARAÇÃO DE INDEPENDÊNCIA DIZ QUE TODOS SÃO IGUAIS E TÊM DIREITO À VIDA, À LIBERDADE E À BUSCA DA FELICIDADE.
AH.
WATTERSON
E QUANDO É QUE THOMAS JEFFERSON VAI CHEGAR COM OS PRESENTES?

BANGUE!
CAPIIIING!
WATTERSON
PARA O ALTO E AVANTEEE!

Calvin e Haroldo
by WATTERSON
OS TENEBROSOS SERES NOJENTOS ABREM FOGO! O ASTRONAUTA SPIFF É ATINGIDO!
É SEMPRE ASSIM. EU ACABEI DE LAVAR E ENCERAR ESSA COISA.
NOSSO HERÓI, O INTRÉPIDO ASTRONAUTA SPIFF, LUTA PARA CONTROLAR SUA NAVE AVARIADA!
OS JATOS DE PROPULSÃO A LASER ESTÃO QUEBRADOS! SPIFF CAI NUM PLANETA ALIENÍGENA!
O DESTEMIDO EXPLORADOR ESPACIAL EMERGE ILESO DOS DESTROÇOS FUMEGANTES! ELE ESTÁ PRESO NUM MUNDO HOSTIL!
À MERCÊ DE DOIS SÓIS GÊMEOS, O PLANETA NÃO TEM NADA ALÉM DE PEDRA E METANO. NÃO HÁ ESPERANÇAS DE ENCONTRAR ÁGUA OU COMIDA!
SPIFF DESMORONA! OH, NÃO, UM ALIENÍGENA ABOMINÁVEL O VIU! NO SEU ESTADO FRÁGIL, SPIFF NÃO É PÁREO PARA ESSE MONSTRO! PODE SER O SEU FIM!
HORA DO ALMOÇO! TROUXE SANDUÍCHE E LIMONADA.
LEVE O PRATO DE VOLTA QUANDO VOCÊ TERMINAR.
... QUE SEJA.
OBRIGADO, MÃE.

Z
Z
Z
PEGUEI!
O JOGO ACABOU, CABEÇA-DE-ATUM.

OUVI DIZER QUE OVO PODRE CHEIRA MAL.
É UM CHEIRO PÉSSIMO.
PODE IR DEVOLVENDO, CALVIN.
WATTERSON

WATTERSON
EU QUERO OITO BISCOITOS PARA VIAGEM, POR FAVOR.
ISSO AQUI NÃO É UM DRIVE-THRU! VOLTE PARA A GARAGEM COM ISSO!

RÁPIDO, MÃE! ALIENÍGENAS ACABARAM DE POUSAR NO QUINTAL! ELES EXIGEM FALAR COM VOCÊ!
VAI LÁ! EU CUIDO DOS BISCOITOS NA COZINHA!
RÁPIDO! ANDA!
ELA NÃO ESTÁ CAINDO NESSA.
CALVIN, VOCÊ ACHA QUE EU SOU TONTA?

QUAL VOCÊ ACHA QUE É O SEGREDO DA FELICIDADE? O DINHEIRO, O PODER OU A FAMA?
EU ESCOLHERIA O DINHEIRO. SE VOCÊ TEM DINHEIRO, PODE COMPRAR PODER E FAMA. DESSE JEITO, VOCÊ FICA COM TUDO E PODE SER INCRIVELMENTE FELIZ!
FELICIDADE É TER CAPACIDADE FINANCEIRA PARA SE ENTREGAR A TODO TIPO DE EXCESSOS.
ACHO QUE ESSE É UM DOS JEITOS DE DEFINI-LA.
ACHO QUE A PARTE DE QUE MAIS GOSTO É ESMAGAR AS PESSOAS QUE SE METEREM NA MINHA FRENTE.

OLHA! ALGUÉM ACABA DE DESPEJAR CIMENTO NOVO!
TEM ALGUÉM OLHANDO? PODEMOS ESCREVER NOSSAS INICIAIS OU COLOCAR A MÃO, OU COISA DO TIPO.
É! "COISA DO TIPO"!
É MELHOR A GENTE ACHAR UMA MANGUEIRA LOGO.
EU NÃO ACHEI QUE FOSSE SECAR TÃO RÁPIDO.

Calvin e Haroldo
by WATTERSON
ZZZZZZ
PSIU... EI, GAROTO. AQUI, DEBAIXO DA CAMA. EU TENHO UM BRINQUEDO NOVINHO PARA VOCÊ.
Ô-OU. ACHO QUE VI UM TENTÁCULO DEBAIXO DA CAMA.
MONSTROS!
ACENDE A LUZ! ELA FAZ OS MONSTROS ESTURRICAREM!
BOA IDÉIA!
CLIC!
AARRGHHH! AAAAIII AAHHHHHH!! GAACKK
HA, HA. PEGAMOS ELES.
SÓ OS QUE ESTAVAM DEBAIXO DA CAMA. É MELHOR A GENTE ABRIR AS GAVETAS E OS ARMÁRIOS TAMBÉM, PARA ILUMINAR TUDO!
AGORA, SIM, NENHUM MONSTRO VAI PEGAR A GENTE À NOITE! DEFINHEM E MORRAM, ANOMALIAS PEGAJOSAS DA NATUREZA!!
POR QUE A LUZ ESTÁ ACESA? O QUE DIABOS VOCÊ ESTÁ FAZENDO?!?
MONSTROS, PAI. ELES ESTÃO POR TODA PARTE.
VOCÊ ESTÁ DESTRUINDO SEU QUARTO À UMA DA MANHÃ POR CAUSA DE MONSTROS?! SE NÃO VOLTAR NESSE INSTANTE PARA A CAMA, VAI TER MUITO MAIS MOTIVOS PARA SE PREOCUPAR DO QUE ESSES MONSTROS IDIOTAS!!
... NÓS PRECISAMOS ACHAR UM JEITO DE ESTURRICAR MEU PAI.

EI, CALVIN, O QUE VOCÊ ESTÁ FAZENDO?
SHHH!
FIQUE QUIETA OU VAI ENTREGAR MEU ESCONDERIJO! ESTOU NO MEIO DE UMA GUERRA DE ÁGUA COM O HAROLDO.
UMA GUERRA DE ÁGUA! POSSO BRINCAR?
VOCÊ? RÁ! A GUERRA É UMA ARTE DE MACHOS!
UMA COISA TÃO IDIOTA TINHA QUE SER MESMO. POSSO BRINCAR OU NÃO?
NÃO SEI. PARECE QUE VOCÊ PREFERE FICAR FAZENDO COMENTÁRIOS ESPERTINHOS.
PUXA, NÃO POSSO BRINCAR COM VOCÊS? EU TENHO UMA PISTOLA DE ÁGUA E TUDO! SÓ TENHO QUE IR PEGAR LÁ EM CASA.
OK, PODE BRINCAR. MAS O HAROLDO FICA NO MEU TIME. VOCÊ VAI TER QUE LUTAR CONTRA NÓS DOIS.
ÓTIMO! POSSO GANHAR DE VOCÊ E DO SEU TIGRE DE PELÚCIA A HORA QUE EU QUISER. VOU COLOCAR MEU MAIÔ.
A SUSIE VAI BRINCAR COM A GENTE, TÁ?
OBA. AS MULHERES SÃO LOUCAS POR CARAS DE SHORTS.
JÁ PEGUEI MINHA PISTOLA DE ÁGUA! ESTOU PRONTA!
ÓTIMO. EU E O HAROLDO SOMOS UM TIME E VOCÊ...
OLHA SÓ O SEU TIGRE DE PELÚCIA! ELE ESTÁ DE SHORTS!! QUE FOFINHO! DEIXA EU APERTAR ELE.
PELAMORDEDEUS, PÁRA COM ISSO! VAI PARA O OUTRO LADO DA CASA E CONTA ATÉ CINQÜENTA, TÁ BOM? AÍ NÓS COMEÇAMOS.
VOCÊ E OS SEUS SHORTS IDIOTAS. ISSO É GUERRA, LEMBRA?!
VOCÊ ESTÁ COM CIÚME. ... AH, QUE GAROTA!

PRESTA ATENÇÃO, CABEÇA-DE-IOGURTE. ESSA É NOSSA ESTRATÉGIA: EU VOU POR **ESSE** LADO DA CASA E VOCÊ VAI PELO **OUTRO**.
VOU ATRAIR A MIRA DA SUSIE. AÍ VOCÊ CHEGA POR TRÁS E MANDA VER COM A BEXIGA.
ENTENDEU? VAMOS!
OBRIGADA PELA BEXIGA DE ÁGUA, HAROLDO. VOCÊ É UM ÓTIMO AGENTE DUPLO!

HA, HA! EMBOSCADA!! TOMA ESSA, SUSIE!
OOPA! EEEPA! VOCÊ ESTÁ COM A BEXIGA DO HAROLDO! ONDE...? COMO...? Ô-OU...
BLOOSH!
JURO QUE VOCÊ VAI SER ENFORCADO POR ISSO, SEU TRAIDOR!
É QUE SOU FACILMENTE SEDUZIDO POR MULHERES DE MAIÔ.

MEU MELHOR AMIGO ME TRAIU! A SUSIE ME ENCHARCOU COM A BEXIGA DO MEU PRÓPRIO PARCEIRO!
QUE BELO AMIGO VOCÊ É, GENERAL GOIABA!
HUNF. EU FARIA TUDO OUTRA VEZ. A SUSIE GOSTA DOS MEUS SHORTS.
NEM OLHE PARA MIM! ESTÁ TUDO ACABADO ENTRE NÓS!
RÁ! PROMESSAS, PROMESSAS!
HM... PELO VISTO O JOGO ACABOU.
TIRA ESSE TRAIDOR DE CIMA DE MIM. ELE TAMBÉM TRAPACEIA NAS BRIGAS.

Calvin e Haroldo
by WATTERSON
NÃO É INACREDITÁVEL? ALGUM IDIOTA JOGOU LIXO NESSE LUGAR MARAVILHOSO.
APOSTO QUE AS CIVILIZAÇÕES FUTURAS VÃO SABER MAIS DO QUE GOSTARÍAMOS SOBRE NÓS.
OLHA, OUTRA LATINHA JOGADA NO CHÃO. PUXA VIDA, ISSO ME DEIXA FURIOSO!
CARAMBA, QUANDO AS PESSOAS NÃO ESTÃO ENTERRANDO LIXO TÓXICO OU TESTANDO ARMAS NUCLEARES, ELAS ESTÃO EMPORCALHANDO TUDO!
ATÉ PARECE QUE É FÁCIL ACHAR UM PLANETA DESSES! AGORA ***EU*** TENHO QUE CARREGAR ESSE TRECO NOJENTO.
SABE, ÀS VEZES ME ORGULHO DE NÃO SER HUMANO.
ESTOU COM VOCÊ.

UÁÁÁ
UAAAAGHH!
PELA ÚLTIMA VEZ, SAIA DA CAMA! VOCÊ VAI SE ATRASAR.
ESTOU TENTANDO. ESTOU TENTANDO.

ESSES LONGOS DIAS DE VERÃO NÃO SÃO MARAVILHOSOS? NENHUMA RESPONSABILIDADE! O DIA TODO PELA FRENTE!
VOCÊ NÃO GOSTARIA QUE O ANO INTEIRO FOSSE ASSIM? SEM ESCOLA, SEM TRABALHO, SEM NADA?
!
ISSO, ESFREGA NA MINHA CARA, VAI!!

EI, PAI, DO QUE AS NUVENS SÃO FEITAS?
HMM... ESSA EU SABIA. ACHO QUE ELAS SÃO FEITAS QUASE QUE TOTALMENTE DE ÁGUA.
ENTÃO COMO ELAS FLUTUAM?
BEM, É UM TIPO DE ÁGUA EVAPORADA. TALVEZ MISTURADA COM UNS GASES TAMBÉM. NÃO SEI DIREITO.
ENTÃO POR QUE ELAS SÃO BRANCAS E O RESTO DO CÉU É AZUL?
PUXA, NÃO FAÇO IDÉIA. É MELHOR A GENTE PESQUISAR ISSO.
PELO JEITO, VOCÊ NÃO TEM QUE PASSAR NUM EXAME PARA SER PAI.

UMA DAS MELHORES COISAS DO VERÃO É DORMIR COM O VENTILADOR LIGADO.
A BRISA LEVE, O BARULHO HIPNOTIZANTE... TUDO PARECE SEGURO E CALMO QUANDO O VENTILADOR ESTÁ LIGADO.
É FRESCO E TRANQÜILO, E É PERFEITO PARA DORMIR.
EU QUASE ME ESQUEÇO QUE TENHO DE DORMIR AO LADO DE UM CASACO DE PELE.
SE VOCÊ NÃO ESTÁ FELIZ, TEM BASTANTE ESPAÇO NO CHÃO, ESPERTINHO.

MÃE, O QUE É ESSE TAL DE EFEITO ESTUFA?
DIZEM QUE OS POLUENTES QUE LANÇAMOS NO AR IRÃO RETER O CALOR DO SOL E DERRETER AS CALOTAS POLARES!
CLARO QUE **VOCÊ** JÁ VAI TER BATIDO AS BOTAS, MAS **EU** NÃO. QUE BELO PLANETA VOCÊS ESTÃO DEIXANDO PARA MIM, HEIN?
ISSO VINDO DE UM MOLEQUE QUE QUER IR DE CARRO A QUALQUER LUGAR MAIS LONGE QUE UM QUARTEIRÃO.
EI, NÃO ME FALARAM NADA SOBRE AS CALOTAS POLARES, TÁ?

MAIS NOTÍCIAS RUINS NAS PESQUISAS, PAI. ESTAMOS FALANDO DE UMA BAIXA HISTÓRICA DE POPULARIDADE.
BEM, CALVIN, ISSO CERTAMENTE ME FAZ REFLETIR.
ENTÃO AQUI VAI ALGUMA COISA PARA **VOCÊ** REFLETIR. O CUSTO MÉDIO PARA CRIAR UMA CRIANÇA ATÉ OS 18 ANOS É DE 100 MIL DÓLARES. É MUITO DINHEIRO.
ENTÃO O QUE VOCÊ DEVERIA ESTAR SE PERGUNTANDO É: "ISSO É UM **PRESENTE**... OU UM **EMPRÉSTIMO**?"
ENTENDI, PAI. EU JÁ ESTAVA INDO ME DEITAR.

Calvin e Haroldo
by WATTERSON
OS TIGRES SÃO ESCALADORES DE ÁRVORE NATOS.
É ISSO AÍ, VOCÊ SOBE E DEPOIS ME AJUDA.
É CLARO QUE EM GERAL USAMOS GANCHOS, CORDAS E CINTAS.
EI, ESTA É UMA ÓTIMA ÁRVORE PARA ESCALARMOS! VOU SUBIR NO SEU OMBRO PARA ALCANÇAR O PRIMEIRO GALHO, TÁ?
CÉUS, QUANTOS TIJOLOS VOCÊ TEM NO BOLSO?!
OPA!
FICA PARADO, SEU FRACOTE!
ESTOU QUASE LÁ! SOBE, SOBE!
PEGA LOGO ESSE GALHO, ANTES QUE MINHA ESPINHA DOBRE.
CONSEGUI!... EI, NÃO ME LARGA! ME AJUDA A SUBIR!
NEM PENSAR! VOCÊ QUE SE AGÜENTE, BOLA-DE-BOLICHE.
UNGH! UNGH! NÃO CONSIGO! ME DÁ UM EMPURRÃO!
EI, O QUE VOCÊ ESTÁ FAZENDO? DEVOLVE O MEU SAPATO!
VOCÊ TÁ LOUCO? EI, PÁRA!
AACK! AH, NÃO! SEM CÓCEGAS! PBFF! IIIGH! HI, HI, HA, HA! PÁRA! EU VOU CAIR!
HI HI HU HU
MUGH!
BELO POUSO. EU DEVO TER FICADO PARALÍTICO.
MENOS NA BOCA, CLARO. NÃO ESTOU NEM AÍ. DEVOLVE MEU SAPATO.
NÃO.

TRIM
TRIM
ALÔ?
POSSO FALAR COM SEU PAI, POR FAVOR?
PÔ, VOCÊ NÃO PRECISA DA MINHA PERMISSÃO. FIQUE À VONTADE!
QUE GENTE ESTRANHA.
TRIM
TRIM

NÃO ACREDITO COMO MINHA VIDA É CHATA. ESSE LUGAR É UM TÉDIO.
AS COISAS SÃO SEMPRE IGUAIS. NUNCA ACONTECE NADA.
PARECE QUE (AGÜENTA AÍ) TODO MUNDO LEVA UMA VIDA EMPOLGANTE, MENOS EU.
EU NA VERDADE PREFERIA TER MENOS EMPOLGAÇÃO NA VIDA.
POR QUÊ? VOCÊ TEM SE DIVERTIDO QUANDO EU NÃO ESTOU POR PERTO? HEIN? É ISSO?!

O QUE ACONTECEU, CALVIN? POR QUE VOCÊ AINDA ESTÁ NA CAMA?
NÃO ESTOU ME SENTINDO BEM.
SUA TESTA ESTÁ QUENTE. É MELHOR MEDIRMOS SUA TEMPERATURA.
EU NÃO POSSO FICAR DOENTE AGORA! AINDA ESTOU DE FÉRIAS! NÃO POSSO FICAR EM CASA SE NÃO TEM ESCOLA. É O MEU TEMPO!
ALGUÉM VAI ME PAGAR POR ISSO!!

OI, CALVIN. FIQUEI SABENDO QUE VOCÊ NÃO ESTÁ BEM.
EU? EU ESTOU ÓTIMO! ADORO FICAR DE CUECA NA SUA CÂMARA DE TORTURA! CADÊ O DIPLOMA, SEU CHARLATÃO?
NÃO VOU TE MACHUCAR. É SÓ UM EXAME PARA VER O QUE HÁ DE ERRADO.
EU TE DIGO O QUE HÁ DE ERRADO! O DR. FRANKENSTEIN É O MEU PEDIATRA, ISSO É QUE ESTÁ ERRADO!
ENFERMEIRA, VOCÊ PODE, POR FAVOR, CHAMAR O ANESTESISTA?
FIQUE SABENDO QUE MEU PAI É ADVOGADO! NÃO CHEGUE NEM PERTO!
NAS PROFUNDEZAS DO CALABOUÇO ÚMIDO DO FUNESTO PLANETA ZOG, O DESTEMIDO ASTRONAUTA SPIFF É MANTIDO PRISIONEIRO PELO SINISTRO REI ZOG.
UM GUARDA CONDUZ SPIFF À SALA DE INTERROGATÓRIO. NOSSO HERÓI SEGUE FIRME E ESTÓICO.
FINALMENTE POSSO CONHECER O CÉLEBRE ASTRONAUTA SPIFF! ESPERO QUE ESTEJA... HE, HE... GOSTANDO DA VISITA.
VOCÊ ESTÁ PERDENDO TEMPO, SEU VERME MARCIANO! EU NUNCA VOU ME ENTREGAR!
NUNCA, OUVIU BEM?! NUNCA!
GAROTO, NÃO ME FAÇA QUEBRAR O JURAMENTO DE HIPÓCRATES, OK?
BEM, VOCÊ FOI UM HORROR NAQUELE CONSULTÓRIO.
EU ME DEFENDI COM O ABAIXA-LÍNGUA DELE. POR ISSO NÃO TOMEI A INJEÇÃO.
VOCÊ NÃO PRECISAVA DE INJEÇÃO. SEU COMPORTAMENTO FOI IMPERDOÁVEL.
O QUE IMPORTA É QUE ELE NÃO CONSEGUIU CHEGAR PERTO PARA ME FURAR. ELE ACHA QUE EU SOU UM PORTA-AGULHAS ROSA E DE CUECA PARA ELE CUTUCAR.
ESPERO QUE ALGUM DIA VOCÊ TENHA FILHOS QUE TE FAÇAM PASSAR O QUE EU PASSEI.
É, A VOVÓ COSTUMAVA DIZER O MESMO DE VOCÊ.

Calvin e Haroldo
by WATTERSON
VOCÊ NÃO ESTÁ CONSEGUINDO ACENDER O FOGO, NÉ? POSSO DAR UM CONSELHO?
FLUIDO DE ISQUEIRO
ESSE SEU FLUIDO DE ISQUEIRO É PARA MARICAS.
GASOLINA
AINDA NÃO PODEMOS COLOCAR OS HAMBÚRGUERES?
O CARVÃO AINDA NÃO VIROU BRASA.
MAS ESTOU COM FOME. QUERO COMER AGORA!
BEM, VOCÊ VAI TER QUE ESPERAR.
SABE, CALVIN, ÀS VEZES A EXPECTATIVA DE ALGO É MAIS DIVERTIDA DO QUE A COISA EM SI.
CÁ ESTAMOS NÓS, NESSA TARDE LINDA. É UMA DELÍCIA FICAR AQUI SENTADO E OLHAR PARA AS ÁRVORES ENQUANTO ESPERAMOS O CARVÃO VIRAR BRASA, VOCÊ NÃO ACHA?
LOGO VAMOS TERMINAR A JANTA E DEPOIS NOS DISTRAIR COM OUTROS AFAZERES. MAS AGORA TEMOS ALGUNS MINUTOS PARA APROVEITAR A TARDE.
ESSES DIAS DE VERÃO PASSAM TÃO RÁPIDO. DE VEZ EM QUANDO, É BOM TER QUE ESPERAR.
ENTÃO EU DEVO IR AO McDONALD'S OU O QUÊ?
É, EU SEI. VOCÊ ACHA QUE VAI TER SEIS ANOS PARA SEMPRE.
WATTERSON

AQUI TEMOS UMA CIDADE ORGULHOSA, CHEIA DE CIDADÃOS FELIZES E PRÓSPEROS.
ELES TOCAM SUAS VIDAS, **ALHEIOS** AO FATO DE QUE A LUA MISTERIOSAMENTE ESTÁ MAIS PRÓXIMA DA TERRA.
... ALHEIOS, É CLARO, ATÉ A MARÉ SUBIR.
SPLAASH!
GISSHHH!

QUE DIA PERFEITO!
NÃO É ÓTIMO ESTAR DE FÉRIAS? PODER APROVEITAR ISSO TUDO SEM ESCOLA E SEM RESPONSABILIDADES?
...AHHHHHHH...
NÃO ACREDITO QUE SÓ TEM REPRISES PASSANDO NA TV.

ACHO QUE TEM UMA ABELHA NAS MINHAS COSTAS. ELA ESTÁ AÍ? NÃO QUERO ME MEXER!
ISSO NÃO É UMA ABELHA.
NÃO É? *UFA*
NÃO. É UMA BAITA VESPA.
AI!

SE VOCÊ PUDESSE REALIZAR TRÊS DESEJOS, QUAIS SERIAM?
SÓ TRÊS DESEJOS, HEIN? HMM... É UMA DECISÃO DIFÍCIL.
ACHO QUE EU PRECISARIA PENSAR UM POUCO.
OPS! SEGURA AÍ!
OK, JÁ SEI QUAL SERIA O PRIMEIRO.

UMA DAS CRIATURAS MAIS FEIAS DA NATUREZA, O MORCEGO É UMA MARAVILHA INCOMPREENDIDA DA EVOLUÇÃO.
COM UMA SÉRIE DE GRUNHIDOS ALTOS E AGUDOS, O MORCEGO CONSEGUE DESCOBRIR A QUE DISTÂNCIA E ALTURA ESTÃO OS INSETOS, SÓ PELO INTERVALO NO ECO DOS GRUNHIDOS!
UMA MUDANÇA NO TOM DO ECO REVELA A DIREÇÃO DO INSETO CONDENADO! NENHUM MOVIMENTO ESCAPA AOS INCRÍVEIS SENSORES DOS MORCEGOS.
GLUMP!
TCHARAM! DE OLHOS FECHADOS!
CALVIN, SENTE-SE DIREITO E USE O GARFO COMO UMA PESSOA CIVILIZADA.

PAI, VOCÊ PODE TIRAR A BOLA DA CALHA DE NOVO?
JÁ É A TERCEIRA VEZ ESSA TARDE! ACHEI QUE TINHA DITO PARA VOCÊ BRINCAR LÁ ATRÁS!
RELAXA, PAI. É SÓ UMA BOLA NA CALHA. EU NÃO ESTOU ROUBANDO DINHEIRO NEM MATANDO ALGUÉM, NÉ? VOCÊ NÃO ESTÁ FELIZ QUE EU NÃO SEJA UM LADRÃO OU UM ASSASSINO?
SEMPRE PRECISO AJUDAR MEU PAI A ESTABELECER O CONTEXTO ADEQUADO.

VAI, HAROLDO. DESCE A CORDA.
QUAL É O RESTO DA SENHA?
ACHO QUE CINCO ESTROFES EM ELOGIO AOS TIGRES SÃO **SUFICIENTES**. VOCÊ SABE QUE SOU EU! ME DEIXA SUBIR!
NÃO.
ORA, SEU SARNENTO DE UMA FIGA...
SE VOCÊ ME OFENDER, VAI TER QUE COMEÇAR DO INÍCIO.
SEXTA ESTROFE: "OS TIGRES SÃO ÁGEIS E BONS DE CORRER, MEU RESPEITO POR TIGRES NÃO PÁRA DE CRESCER".
VOCÊ NÃO ESTÁ FAZENDO A DANCINHA.

Socorro! Fui seqüestrado Chame a polícia!

Calvin e Haroldo
by WATTERSON
ESSA RODADA NÃO VALEU! VOCÊ NÃO TOCOU NA TERCEIRA BASE!
É PORQUE A TERCEIRA BASE FUGIU DO CAMPO!
UAP!
WATTERSON
HA, HA! FÁCIL, ESTÁ FORA!!
EI! AONDE VOCÊ VAI?
EEEEEEE
VOCÊ TEM QUE FICAR DENTRO DO CAMPO, TRAPACEIRO!
É? ENTÃO PROVA!
ISSO NÃO É JUSTO! VOCÊ NÃO PODE CORRER PARA QUALQUER LUGAR!
OLHA SÓ!
SE TIVESSE ALGUÉM NA PRIMEIRA BASE VOCÊ ESTARIA FORA HÁ UM TEMPÃO.
É, E CADÊ ELE?
PEGUEI!
ESTÁ FORA!
OK, EU REBATO OUTRA VEZ! BEISEBOL A DOIS É QUE É ESPORTE DE VERDADE!
UM ESPORTE VERDADEIRAMENTE ESTÚPIDO. DA PRÓXIMA VEZ VOU TE ACERTAR COM O TACO EM VEZ DA BOLA.

VOCÊ VIU, HAROLDO? A MAMÃE E O PAPAI VÃO LEVAR A GENTE PARA ACAMPAR.
VAMOS DORMIR EM BARRACAS E PESCAR E ANDAR DE CANOA! NÃO É **LEGAL**??
COLOCAR A MÃO NA MASSA! VIVER NO MATO! SEM TV NEM RÁDIO NEM...
Ô-OU.
O QUE FOI?
ISSO ESTÁ PARECENDO UM DAQUELES PLANOS DO MEU PAI PARA MOLDAR MEU CARÁTER.

PUXA, ESSAS FÉRIAS VÃO SER **DEMAIS**! ACAMPAR! UAU!
MAL POSSO ESPERAR! UMA SEMANA INTEIRA PASSEANDO E NADANDO E PESCANDO E ANDANDO DE CANOA!
UMA SEMANA INTEIRA SEM JORNAL E SEM UMA XÍCARA DECENTE DE CAFÉ.
A MAMÃE NÃO **GOSTA** DE ACAMPAR?
SUA MÃE DORMIU POUCO ONTEM.

ESTÃO VENDO AQUELA ILHA ALI? É ONDE VAMOS ACAMPAR!
NOSSA!
AH, ISSO QUE É VIDA! AR PURO, ÁGUA LIMPA, MUITO EXERCÍCIO E...
BUUM!
QUERIDA, VOCÊ ESTÁ REMANDO PARA TRÁS.
NÓS VAMOS VOLTAR E ACHAR UM HOTEL!

QUANDO É QUE A CHUVA VAI PARAR?
NÃO SEI, CALVIN.
EI, ÂNIMO, TURMA! EU TROUXE ROUPAS DE CHUVA. "SEMPRE ALERTA", SABEM?
ESSES PONCHOS SÃO O MÁXIMO. ELES TÊM VEDAÇÃO TÉRMICA DE NÁILON ULTRALEVE E UMA CAMADA DE URETANO FLEXÍVEL, PARA PROTEÇÃO TOTAL CONTRA A ÁGUA.
LEGAL, PAI. QUE BOM QUE NÃO VAMOS FICAR MAIS MOLHADOS DO QUE JÁ ESTAMOS.
ÓXIDO DE ZINCO, BIQUÍNI, BRONZEADOR... MALA ERRADA. VEJAMOS, EM QUAL DELAS ESTÁ...
QUE BOM QUE MEU PAI FINALMENTE MONTOU AS BARRACAS. AGORA EU POSSO TIRAR ESSAS ROUPAS ENSOPADAS.
QUE PENA QUE VOCÊ NÃO PODE VESTIR ROUPAS SECAS. VOCÊ IA SE SENTIR BEM.
EI, ESPERE! NÃO! NÃO FAÇA ISSO AQUI!!
AGHPFF!
MAS QUE BELA DEMONSTRAÇÃO DE ÂNIMO! NÃO AGÜENTA UMA CHUVINHA? ISSO É QUE É ESTAR NA SELVA!
HA, HA! PELO MENOS NÃO ESTÁ NEVANDO, CERTO?
CERTO?
QUER DIZER, IMAGINE SE ESTIVESSE NEVANDO TÃO FORTE QUE A GENTE NÃO CONSEGUISSE ACENDER O FOGO.
PUXA VIDA, EU ADORO RAVIÓLI ENLATADO FRIO.

Calvin e Haroldo
by WATTERSON
TUM DI TA TA DII DII DO
RAPAZ, ISSO É BEM MELHOR DO QUE PASSAR O DIA NO ESCRITÓRIO!
AINDA ESTÁ CHOVENDO?
CLARO QUE AINDA ESTÁ CHOVENDO. ESTÁ CHOVENDO HÁ DIAS. POR QUE IRIA PARAR AGORA?!
VAMOS PRECISAR DE UMAS FÉRIAS DEPOIS DESSAS FÉRIAS.
COM CERTEZA. NÃO DÁ NEM PARA MANTER O FOGO ACESO.
NÃO ACREDITO QUE MEU PAI SAIU PARA PESCAR.
NESSE TEMPO? ELE É UM FANÁTICO!
OU É ISSO OU ACABOU A COMIDA ENLATADA. NÓS PROVAVELMENTE VAMOS MORRER DE FOME NESSA ILHA DOS INFERNOS.
DEPOIS DE TODA ESSA PRESUNTADA, MORRER DE FOME NÃO SOA TÃO MAL.
SE NÓS SOBREVIVERMOS E VOLTARMOS PARA CASA, NUNCA MAIS VOU PÔR OS PÉS PARA FORA ATÉ O FIM DA VIDA.
QUE GAROTO SORTUDO ESSE CALVIN! EU NUNCA FIZ DESSAS COISAS QUANDO TINHA A IDADE DELE!
EI, CALVIN! QUER APRENDER A TIRAR A BARRIGADA DE PEIXE?

COMO ESTÁ A ÁGUA?
CONGELANDO. VOU SAIR. ME PASSA A TOALHA?
SGUISH
SGUISH
ESSAS SÃO AS FÉRIAS MAIS IMBECIS QUE JÁ TIVE.

PASSAMOS UMA SEMANA SEM PERNILONGOS, HEIN?
VOCÊ ESTÁ APELANDO, PAI.

NÓS VAMOS EMBORA?
SIM. PARA MIM JÁ DEU. QUE SEMANA HORRÍVEL!
UAP
VOCÊ CONHECE ALGUMA DAS PALAVRAS QUE ELE DISSE?
NÃO, MAS ANOTEI PARA A GENTE PESQUISAR EM CASA.

BEM, TURMA, QUE PENA QUE O TEMPO FICOU RUIM A SEMANA TODA.
SEI QUE NEM TODOS OS MOMENTOS FORAM DIVERTIDOS, MAS NÓS SOBREVIVEMOS E PASSAMOS UM TEMPO JUNTOS, E É ISSO O QUE IMPORTA.
DE TODO MODO, ESPERO QUE NÃO ESTEJAM DECEPCIONADOS *DEMAIS*.
CALVIN, DIGA PARA O SEU PAI QUE QUALQUER JUIZ CONSIDERARIA ESSA VIAGEM MOTIVO DE DIVÓRCIO.
PAI, MAMÃE DISSE...
ESTÁ BEM! ESTÁ BEM!

O FIM DO VERÃO É SEMPRE DURO PARA MIM.
... FICO TENTANDO ESPREMER A PREGUIÇA ATÉ O ÚLTIMO MINUTO.

EU NÃO QUERO TOMAR BANHO! EU ODEIO BANHO!
AAAAAAAAAAAAAAA
NÃO NÃO
NÃO NÃO NÃO
NÃO NÃO NÃO NÃO
NÃO NÃO NÃO
ELES PODEM ME OBRIGAR, MAS NÃO PODEM ME OBRIGAR A FAZER COM DIGNIDADE.

Calvin e Haroldo
by WATTERSON
AH-TCHIM!
* FIU * ... NADA DE CÉREBRO.
AH... AH... AH... AH
TCHIIIM!!
A FORÇA DA EXPLOSÃO NASAL LANÇA CALVIN AOS GIROS PARA A ESTRATOSFERA!
SEM AR SUFICIENTE PARA CONTER O IMPULSO, ELE VENCE A FORÇA DA GRAVIDADE E É ARREMESSADO PARA ALÉM DA LUA.
CONFORME SAI DA GALÁXIA, CALVIN PONDERA SOBRE A SABEDORIA DE SE COBRIR A BOCA DURANTE O ESPIRRO, PARA CONTER A PROPULSÃO.
INFELIZMENTE, A LIÇÃO VEIO TARDE PARA O POBRE CALVIN, O SATÉLITE HUMANO! ... MAS ESPERE! UM OUTRO ESPIRRO ESTÁ A CAMINHO! CALVIN GIRA PARA TRÁS!
O SEGUNDO ESPIRRO O MANDA DE VOLTA PARA A TERRA FEITO UM FOGUETE! ELE ESTÁ SALVO! É UM MILAGRE!
AH-TCHIM!
DEUS TE CRIE!
ELE *CRIA*, MÃE, ELE *CRIA*.
WATTERSON

DROGA. NÃO SEI O QUE É CHICLETE E O QUE É MASSINHA.

UAP UAP UAP UAP
UIPI UIPI UIPI UIPI UIPI
BIPPITABIPPITABIPPITABIPPITA

EU NUNCA VOU ME CASAR, E VOCÊ?
HMM... SE A PESSOA CERTA APARECER, TALVEZ.
ALGUÉM COM OLHOS VERDES E UMA RISADA LEGAL, E QUE EU PUDESSE CHAMAR DE "DOCINHO DE COCO".
"DOCINHO DE COCO"??
OU "CHUCHUZINHO".
ACHO QUE ISSO IA AFETAR MAIS O MEU ESTÔMAGO DO QUE MEU CORAÇÃO.
EU IA FALAR "CHUCHUZINHO", E ELA IA RESPONDER "SIM, MEU FELPUDINHO"...

Calvin e Haroldo
by WATTERSON
SABE, HÁ PESSOAS QUE NUNCA TIVERAM A CHANCE DE ANDAR NUM BOSQUE COMO ESSE.
... ENQUANTO OUTRAS TÊM PELA FRENTE A PERSPECTIVA DE NUNCA MAIS FAZER OUTRA COISA.
TENHA CALMA. NÓS VAMOS ACHAR O CAMINHO DE CASA.
VOCÊ NÃO SE LEMBRA DE NADA DISSO?
NÃO. DESSA VEZ A GENTE SE PERDEU *MESMO*.
SE SOUBESSE QUE NÃO VOLTARÍAMOS MAIS PARA CASA, EU TERIA TRAZIDO MEU LIVRO DE COLORIR.
TALVEZ A GENTE PASSE MESES AQUI.
É MELHOR PROCURARMOS ABRIGO. ISSO VAI SER DIVERTIDO! SEREMOS ROBINSONS CRUSOÉS MODERNOS, SOBREVIVENDO COM A AJUDA DA INTELIGÊNCIA.
PODEMOS SER COMO AQUELES EXPLORADORES BARBUDOS.
É! SEREMOS LIVRES DE TODAS AS AMARRAS DA SOCIEDADE! DEMAIS!
EI, AQUELE NÃO É O NOSSO QUINTAL?
PUXA, SÓ É.
NÃO QUERO SABER *QUANTO* TEMPO VOCÊ VAI FICAR FORA, EU SÓ VOU FAZER *UM* SANDUÍCHE.
E QUANTO AOS RIFLES? NÓS TEMOS ALGUM RIFLE?

QUER VIAJAR NO TEMPO COMIGO?
OLHA SÓ, CONSTRUÍ UMA MÁQUINA DO TEMPO.
MÁQUINA DO TEMPO
PARECE O SEU TRANSMOGRIFICADOR.
PARA O LEIGO DESATENTO E ACÉFALO, SIM. MAS NO TRANSMOGRIFICADOR VOCÊ ENTRA POR BAIXO, ENQUANTO NA MÁQUINA DO TEMPO VOCÊ ENTRA POR CIMA.
AHH...
NÓS VAMOS VIAJAR PARA O PASSADO OU PARA O FUTURO?
BOM, IMAGINO QUE, SE FORMOS AO PASSADO, EU IRIA TIRAR DEZ EM TODAS AS PROVAS DE HISTÓRIA DA ESCOLA. ISSO PODE SER ÚTIL.
MAS, SE FORMOS PARA O FUTURO, PODEMOS PEGAR ALGUMA COISA E DEPOIS FINGIR QUE A INVENTAMOS QUANDO VOLTARMOS. FICARÍAMOS RICOS.
PARA O FUTURO, ENTÃO!
CERTO. QUANDO EU FOR RICO, PODEREI PAGAR ALGUÉM PARA FAZER MINHAS PROVAS IDIOTAS!
MÁQUINA DO TEMPO
OK, HAROLDO, TUDO CERTO COM A MÁQUINA DO TEMPO. PÕE OS ÓCULOS E VAMOS LOGO PARA O FUTURO.
MÁQUINA DO TEMPO
POR QUE PRECISAMOS USAR ÓCULOS?
CÉUS, VOCÊ ACHA QUE VIAJAR PARA O FUTURO É COMO DIRIGIR NA RUA?!
NÓS IREMOS ENCARAR VÓRTICES E A VELOCIDADE DA LUZ! TUDO PODE DAR ERRADO! CLARO QUE PRECISAMOS USAR ÓCULOS!
CARAMBA, ACHO QUE ESQUECI MEUS ÓCULOS NO QUARTO. SE EU NÃO VOLTAR LOGO, PODE PARTIR SEM MIM.
VAI SENTANDO, MARICAS. EU TROUXE OS SEUS ÓCULOS.
MÁQUINA DO TEMPO

TUDO PRONTO? É SÓ APERTAR ESSE BOTÃO E NÓS VAMOS PARA O FUTURO!
MÁQUINA DO TEMPO
PARA O ALTO E AVAAANTE!
ESTAMOS QUASE NA VELOCIDADE DA LUZ, HAROLDO! AGÜENTA AÍ!
PRECISO IR AO BANHEIRO.
AGORA?! NO HIPERESPAÇO?! VOCÊ ESTÁ LOUCO?!?
EM QUE ANO DO FUTURO VAMOS POUSAR?
MÁQUINA DO TEMPO
É DIFÍCIL DIZER EXATAMENTE, MAS ACHO QUE PERTO DA VIRADA DO SÉCULO.
ESPERO QUE A TERRA AINDA ESTEJA DE PÉ. EU ME AFEIÇOEI A ELA.
SE NÃO ESTIVER, NÓS VOLTAMOS E EU VEJO SE MEU PAI PODE ADIANTAR O DINHEIRO DA FACULDADE.
MÁQUINA DO TEMPO
SEGURA FIRME! ESTAMOS CHEGANDO!
SCRIIIIIIICHHH
UAU! ENTÃO ESSE É O FUTURO!
EU IMAGINAVA UM LUGAR COM MAIS PRÉDIOS.
VAI VER QUE A GENTE POUSOU NO JARDIM BOTÂNICO.

VAMOS DAR UMA OLHADA. SEI QUE ENCONTRAREMOS UM ROBÔ OU COISA DO TIPO.
máquina do TEMPO
OLHA SÓ ISSO AQUI.
NOSSA, QUE TIPO DE INVENÇÃO FUTURÍSTICA É ESSA? ALGUMA CÁPSULA DE TRANSPORTE, IMAGINO.
COMO SERÁ QUE SE ENTRA NELA?
NÃO ESTOU VENDO NENHUMA PORTA NEM PLACA.
ISSO É MUITO PECULIAR.
VOCÊ JÁ VIU UMA ÁRVORE DESSA COR?

DEVO DIZER QUE O FUTURO É BEM DIFERENTE DO QUE EU IMAGINAVA.
E A BRISA É TÃO QUENTE E ÚMIDA. ACHEI QUE A ESSA ALTURA ELES JÁ IAM CONTROLAR O CLIMA.
E O AR TAMBÉM FEDE. AINDA DEVE HAVER POLUIÇÃO.
VOCÊ JÁ SENTIU ALGUMA VEZ QUE ESTÁ SENDO OBSERVADO?
... OU QUE ESTÁ PRESTES A CONFIRMAR UMA IMPRESSÃO RUIM?

AARGH!
DE VOLTA PARA A MÁQUINA DO TEMPO! *CORRE!*
ACHO QUE FOMOS PARA ***TRÁS*** EM VEZ DE PARA A ***FRENTE!***
AH, NÃO BRINCA? VOCÊ DIZ ISSO POR CAUSA DO DINOSSAURO?!
NÃO BANQUE O ESPERTINHO, MIOLO-MOLE. ENTRA LOGO E SENTA VIRADO PARA O OUTRO LADO, ASSIM VAMOS PARA O FUTURO DESSA VEZ!
QUER DIZER QUE NÓS VIAJAMOS AO PASSADO PORQUE ESTÁVAMOS VIRADOS NA ***DIREÇÃO ERRADA?!?***
E EU LÁ TENHO UM GUIA DE RUAS? POR QUE ***VOCÊ*** NÃO EXPERIMENTA PILOTAR DESSA VEZ?

CONSEGUIMOS! QUE BOM QUE A MÁQUINA DO TEMPO FUNCIONOU, SENÃO TERÍAMOS VIRADO COMIDA DE DINOSSAURO!
ESTAMOS PASSANDO PELO PRESENTE AGORA. VOCÊ QUER PARAR EM CASA OU CONTINUAR VIAJANDO PARA O FUTURO, COMO TÍNHAMOS PLANEJADO?
ESTOU FARTO DE VIAJAR NO TEMPO. VAMOS PARA CASA.
VAMOS SÓ UM *POUCO* PARA A FRENTE E VER COMO É O CALVIN ADOLESCENTE!
MELHOR NÃO, ESTÁ BEM?

OI, MÃE. EU E O HAROLDO VISITAMOS O PERÍODO JURÁSSICO HOJE.
QUE LEGAL. E COMO FOI?
ASSUSTADOR. UM DINOSSAURO QUASE COMEU A GENTE.
NA VERDADE, A GENTE QUERIA IR PARA O FUTURO, MAS TIVEMOS UM PROBLEMA.
ENTENDI. QUE BOM QUE CONSEGUIRAM VOLTAR.
SUA MÃE NÃO SE IMPRESSIONA FÁCIL, NÃO É?
DEPENDE. ELA NÃO REAGIU MUITO BEM AOS SAPOS NA PRIVADA, LEMBRA?

POR QUE VOCÊ AINDA ESTÁ EM CASA? POR QUE NÃO FOI TRABALHAR?
TIREI O DIA DE FOLGA.
ESCUTA, PAI, POSSO DAR UMA OLHADA NOS CLASSIFICADOS?
ASSIM QUE EU ACABAR.
PUXA, PAI, EU PRECISAVA MUITO LER ESSA SEÇÃO NESSE MINUTO. POR QUE VOCÊ NÃO LÊ O CADERNO DE POLÍTICA?
"PROCURA-SE NOVO PAI. É PREFERÍVEL QUE VIAJE MUITO. VISÃO LIBERAL DA DISCIPLINA CONTA PONTOS. FALAR COM CALVIN EM HORÁRIO COMERCIAL."
WATERSON

ARROOOTO!
DEUS DO CÉU, CALVIN! O QUE SE DIZ DEPOIS DISSO?
"ACHO QUE PASSOU UM NAVIO."
O QUE SE DIZ?
"ESSE SUCO DESCEU MELHOR DO QUE SUBIU!"
MAIS UMA E VOCÊ ESTÁ FORA, GAROTO.
SE DIZ "ME DESCULPE".
WATERSON

OLHA, PAI! O SOL ESTÁ SE PONDO E AINDA SÃO TRÊS HORAS!
NÃO SÃO TRÊS HORAS. SEU RELÓGIO PAROU.
O TEMPO NÃO PÁRA QUANDO SEU RELÓGIO PÁRA?
NÃO.
MALDIÇÃO. POR UM MOMENTO, ACHEI QUE IA FICAR RICO PATENTEANDO ESSA COISA.
EU TERIA COMPRADO UM.
WATERSON

Calvin e Haroldo
by WATTERSON
MEXE
MEXE
ESTIIIIIIIICA
FURA
FURA
BATE
BATE
BATE
AMASSA
AMASSA
CHEIRA
UUUGH!
LAMBE
NGHHFFGH
BLÉCHH
GLUG
GLUG
GLUG
ESTALO
BR-R-R-R-R
HAAACC
HOCCHH
ENGASGA... GASP...
PRONTO... (OFEGANTE)
VIRAM? EU... EU...
EXPERIMENTEI. (TOSSE)
QUASE... (FUNGADA)
ME... MATOU.
CLAP CLAP CLAP CLAP CL
BIS!
BRAVO!
EU VOU
FUGIR PARA
O ALASCA.

MINHA MÃE QUER QUE EU ARRUME O QUARTO. É A GOTA D'ÁGUA!
EU NÃO TENHO QUE ME SUJEITAR A ESSE TOTALITARISMO! VOU ROMPER RELAÇÕES!
PUXA, MAS VOCÊ PODE ROMPER COM A PRÓPRIA FAMÍLIA?
POR QUE NÃO?! EU NUNCA ME INSCREVI NESSE GRUPO! E NEM FUI CONSULTADO!
A ÚNICA RAZÃO PARA ELES SEREM MEUS PAIS É PORQUE EU **NASCI** DELES!
UMA CONSPIRAÇÃO BIOLÓGICA, HEIN?

PODEMOS MORAR ONDE QUISERMOS, AGORA QUE VAMOS ROMPER RELAÇÕES COM A FAMÍLIA!
PARA ONDE VOCÊ QUER IR? PARA O SAARA? PARA A ANTÁRTIDA?
COMO VAMOS CHEGAR A **ESSES** LUGARES? NEM CARRO NÓS TEMOS!
OK, PAI, PARA **ESSE** TRUQUE INCRÍVEL EU PRECISO DE UM CARTÃO DE CRÉDITO. AGORA FECHE OS OLHOS...

O HAROLDO E EU ESTAMOS ROMPENDO RELAÇÕES COM A FAMÍLIA, MÃE.
OH, É MESMO?
SIM, VAMOS PEGAR MEU TRENÓ E NOS MUDAREMOS PARA O YUKON.
NOSSA, É UMA **VIAGEM** E TANTO.
EU SEI. AQUI ESTÁ UMA LISTA DOS SANDUÍCHES E SUPRIMENTOS QUE PRECISAMOS.
POR QUE EU FARIA TUDO ISSO SE VOCÊS ESTÃO ROMPENDO RELAÇÕES COM A FAMÍLIA?
NÓS NÃO ROMPEMOS **AINDA!** PUXA, QUE TIPO DE MÃE VOCÊ **É**?

BOM, ACHO QUE NOSSA MALA ESTÁ PRONTA. GIBIS, PISTOLA DE DARDOS, CAPACETE ESPACIAL E TRENÓ.
VAMOS PARTIR PARA O YUKON!
A GENTE TEM UM MAPA?
AH, É MESMO! QUE BOM QUE VOCÊ LEMBROU! VOU PEGAR!
A GENTE TEM ALGUM MAPA RODOVIÁRIO PARA O YUKON, MÃE?
ACHO QUE NÃO.
OK, AQUI ESTÁ O YUKON. AGORA VAMOS PROCURAR OS ESTADOS UNIDOS.
AQUI ESTÁ! OLHA COMO É PERTO! SERÁ UMA VIAGEM CURTA!

ADEUS, "MÃE"! ESTAMOS PARTINDO RUMO AO YUKON. FOI LEGAL MORAR AQUI. MAS NÃO TÃO LEGAL! HA, HA!
CALVIN! ESPERE UM POUCO!
NADA COMO UMA MÃE PARA ESTICAR AS DESPEDIDAS. PFFFF.
VOCÊ ESTÁ INDO PARA O SUDESTE. O NORTE É PARA LÁ.
AH, CLARO. EU SABIA DISSO.

ESTE TRENÓ ESTÁ PESADO. EU ACHEI QUE ÍAMOS USÁ-LO PARA IR ATÉ O YUKON.
ESTAMOS ANDANDO FAZ SÓ VINTE MINUTOS, HAROLDO. PROVAVELMENTE NÃO CHEGAREMOS AO NORTE DO CANADÁ ATÉ O FIM DA TARDE.
NESSE CASO, VOU FAZER UMA PAUSA.
BOA IDÉIA. QUER UM GIBI? AQUI ESTÁ O CAPITÃO NITRO.
EU QUERO UM SANDUÍCHE.
NÓS SÓ TEMOS UM PARA CADA. É MELHOR ECONOMIZAR, NO CASO DE NÃO CONSEGUIRMOS CAPTURAR UMA MORSA.

Calvin e Haroldo
by WATTERSON
VOCÊ SÓ TROUXE DOIS SANDUÍCHES PARA TODA A VIAGEM ATÉ O YUKON?
RELAXA, HAROLDO. ESSES SANDUÍCHES VÃO NOS DAR ENERGIA DE SOBRA.
UNFF. FOQUE É IFO? MEL E MARFMELOUF?
ESSE AÍ É. O OUTRO TEM CALDA DE CHOCOLATE.
JÁ QUE PARAMOS UM POUCO, É UMA BOA HORA PARA REGISTRAR NOSSO PROGRESSO NO DIÁRIO.
"JORNADA AO YUKON: PRIMEIRO DIA. VIAJAMOS VINTE MINUTOS. SEM NEVE ATÉ AGORA."
"ESTOQUE DE COMIDA BAIXO."
"AINDA ASSIM, O MORAL ESTÁ ALTO CONFORME AVANÇAMOS PARA O NORTE."
O MEU MORAL ESTARIA BEM MAIS ALTO SE VOCÊ LEVASSE O TOBOGÃ.
EU?! EU SOU O LÍDER DESSA EXPEDIÇÃO! ESTOU ABRINDO O CAMINHO!
ACHO QUE É MINHA VEZ DE SER LÍDER AGORA.
VOCÊ NÃO PODE SER O LÍDER. O CHAPÉU DO LÍDER ESTÁ COMIGO, VIU?
ISSO É FÁCIL DE CONSERTAR.
EI! LARGA! O CAPACETE É MEU!
AI! SEM MORDER!
ISSO É MOTIM! DEVOLVE!
EU SOU O CAPITÃO AGORA. EU DOU AS ORDENS.
PRIMEIRO, DECRETO QUE TODOS OS OFICIAIS TERÃO RAÇÕES DUPLAS PARA AJUDÁ-LOS A TOMAR DECISÕES.
ORA, NEM VEM! O ÚLTIMO SANDUÍCHE É MEU!

EU ME RECUSO A SER COMANDADO POR VOCÊ! EU SOU O CAPITÃO. VOCÊ SÓ ROUBOU MEU CAPACETE DE CAPITÃO.
VAMOS DIZER QUE VOCÊ ME DEU ELE SOB CONDIÇÕES ESTRESSANTES.
AH, SE VOCÊ FOSSE MENOR QUE EU, NOSSA!, EU ACABAVA COM A SUA RAÇA!
RÁ! SUA MÃE ME CONTOU QUE VOCÊ TEM UMA DOENÇA ESQUISITA E QUE VAI FICAR MENOR CONFORME FOR ENVELHECENDO!
ELA NÃO DISSE NADA! MENTIRA!
ALIÁS, ELA JÁ TEM ATÉ CONTRATO COM UM CIRCO. EU VI.
NÃO ESTOU OUVINDO! NÃO ESTOU OUVINDO! LÁ LÁ LÁ LÁ LARALÁ...

SE NÃO FOR PARA LIDERAR A EXPEDIÇÃO, EU NÃO QUERO IR! VOCÊ PODE IR SOZINHO PARA O YUKON.
RÁ! VOCÊ ESTÁ DEMITIDO DE QUALQUER JEITO!
ÓTIMO! EU VOU PARA CASA!
VOCÊ NÃO TEM CASA. VOCÊ ROMPEU RELAÇÕES COM SEUS PAIS, LEMBRA?
MINHA VIDA PRECISA DE UM BOTÃO DE REBOBINAR.
... E DE UM CONTROLE DE VOLUME.

E SE A MAMÃE E O PAPAI NÃO ME ACEITAREM DE VOLTA PORQUE ROMPI RELAÇÕES COM ELES? E SE ELES DISSEREM QUE NÃO POSSO VOLTAR À FAMÍLIA?
ELES TÊM QUE ME ACEITAR DE VOLTA! EU SOU O IDIOTA DO FILHO DELES, CERTO?
CERTO!
... SENDO "IDIOTA" A PALAVRA-CHAVE.

PUXA, E SE ELES VENDERAM AS MINHAS COISAS DEPOIS QUE EU SAÍ?
PODEM TER ALUGADO MEU QUARTO.
TALVEZ TENHAM ATÉ **SE MUDADO**!
... MUITA COISA PODE ACONTECER QUANDO VOCÊ PASSA A MANHÃ FORA!
... MANHÊÊÊ!!

VOLTEI, MÃE. MUDEI DE IDÉIA SOBRE ROMPER RELAÇÕES. EU QUERO SER SEU FILHO DE NOVO, TUDO BEM?
VOCÊ SEMPRE VAI SER O MEU FILHO. QUE BOM QUE VOLTOU.
O HAROLDO ESTAVA SENDO UM BOBÃO. ENTÃO DECIDI QUE NÃO QUERIA MORAR NO YUKON COM ELE.
E ONDE ESTÁ O HAROLDO AGORA?
ELE AINDA NÃO VOLTOU?
COMO É QUE O HAROLDO IA VOLTAR SOZINHO?!
É MESMO. AQUELE TIGRE BURRO NEM CONSEGUE SAIR DE UM QUARTO VAZIO.

HORA DE DORMIR, CALVIN.
CADÊ O HAROLDO?
ELE DEVE ESTAR ONDE VOCÊ O DEIXOU.
QUER DIZER QUE ELE AINDA ESTÁ NO BOSQUE?! JÁ É DE NOITE!
O QUE EU TE DISSE SOBRE DEIXAR AS COISAS POR AÍ?
O HAROLDO ESTÁ PERDIDO! VOU PEGAR A LANTERNA! PRECISAMOS ENCONTRÁ-LO!
HAROLDO! HAROLDO!
CALVIN, É HORA DE DORMIR! NÃO VAI ME APRONTAR UMA DESSAS **AGORA**!

Calvin e Haroldo
by WATTERSON
HAROLDO, SEU CABEÇA-OCA E MIOLO-MOLE SARNENTO, CADÊ VOCÊ??
... NÃO QUIS SOAR TÃO OFENSIVO.
VENHA, CALVIN. É MUITO TARDE PARA PROCURAR SEU TIGRE DE PELÚCIA.
NÃO POSSO DEIXAR O HAROLDO PASSAR A NOITE SOZINHO NO BOSQUE!
BEM, TALVEZ VOCÊ DEVESSE TER PENSADO NISSO QUANDO AINDA ESTAVA CLARO. QUE ISSO SIRVA DE LIÇÃO, HEIN?
EU PENSEI QUE ELE IA VOLTAR SOZINHO. NÃO ACHEI QUE ELE FOSSE SE PERDER!
NÓS PROCURAMOS ELE AMANHÃ. AGORA VÁ DORMIR.
(SNIF) ESPERO QUE ESTEJA BEM. SE ELE NÃO TIVESSE SIDO TÃO IDIOTA, EU NUNCA TERIA DEIXADO ELE.
QUERIA MUITO QUE ELE VOLTASSE.
O CALVIN LARGOU O HAROLDO EM ALGUM LUGAR DO BOSQUE. O POBREZINHO ESTÁ BEM CHATEADO.
EU IMAGINO.
EU QUIS DIZER BEM CHATEADO.
E EU DISSE "EU IMAGINO".
BEM CHATEADO.
... AHH...
O MEU PAI TERIA FEITO ISSO? CLARO QUE NÃO. EU NUNCA FUI MIMADO DESSE JEITO...
WATTERSON

NADA?
CLARO QUE NÃO! COMO É QUE EU VOU ENCONTRAR UM TIGRE DE PELÚCIA NO BOSQUE À NOITE?!
POR QUE O CALVIN NÃO CUIDA DE SEUS BRINQUEDOS?! EU DEVO SER LOUCO POR ESTAR AQUI.
HAROLDOOO!
OPS. HE, HE.
EU POSSO SER LOUCO, MAS NÃO TANTO QUANTO VOCÊ.

É VOCÊ? CONSEGUIU ACHAR O HAROLDO? JÁ É QUASE MEIA-NOITE.
SIM, ACHEI. ESTAVA LÁ NO BOSQUE COM O TRENÓ.
AH, QUERIDO, OBRIGADA! O CALVIN VAI FICAR TÃO FELIZ!!
HUNF. É BOM MESMO, OU AMANHÃ EU DEIXO ELE NO MATO.
VEM, VAMOS DEIXAR O HAROLDO NA CAMA DO CALVIN PARA QUE ELE O VEJA LOGO QUE ACORDAR.
Z
ELE O ABRAÇOU DORMINDO! QUE ANJINHO!
SÓ DE NOITE. EU VOU ME DEITAR.

HAROLDO! VOCÊ VOLTOU! QUE BOM TE VER!
TAMBÉM SENTI SUA FALTA.
PUXA, VOCÊ NÃO FICOU COM MEDO À NOITE LÁ NO MATO?
CLARO QUE NÃO, OS TIGRES NÃO TÊM MEDO DISSO. FIQUEI TÃO ENTEDIADO QUE RESOLVI VOLTAR.
MÃE! OLHA! O HAROLDO VOLTOU!
SIM, SEU PAI O ENCONTROU ONTEM À NOITE E O TROUXE DE VOLTA.
NÃO DIIIGA!
FOI. POR QUE VOCÊ NÃO VAI AGRADECÊ-LO AGORA?

Calvin e Haroldo
by WATTERSON
PODE TIRAR ESSE SORRISO DA CARA!
BEM, HAROLDO, O QUE VOCÊ ME DIZ?
ESTOU ME ESFORÇANDO PARA NÃO FALAR.
EU CORTEI UMAS PENAS DE CARTOLINA E COLEI COM FITA ADESIVA NO BRAÇO PARA PODER VOAR! BEM LEGAL, NÉ?
SE TUDO O QUE SE PRECISA PARA VOAR SÃO PENAS DE PAPEL, A GENTE JÁ TERIA OUVIDO FALAR NISSO, NÃO ACHA?
É PRECISO UMA MENTE INCOMUM PARA PENSAR NESSAS COISAS, HAROLDO.
CONCORDO.
OLHA, UM PENHASCO. AQUI ESTÁ BOM.
VOCÊ VAI PULAR DESSA BEIRADA?
CLARO QUE NÃO! EU PRECISO DE IMPULSO! EU QUERO QUE VOCÊ ME ARREMESSE.
VOCÊ SABE QUE EU NÃO ASSUMO RESPONSABILIDADE POR ISSO, CERTO?
CERTO. EU FICO COM A PATENTE.
FORÇA!
ESTOU VOANDO! ESTOU VOANDO!
ESTOU... Ô-OU...
NÃO DESISTA DOS RELÓGIOS, SANTOS DUMONT.
CALA A BOCA E VAI PEGAR O MERTIOLATE.
WATTERSON

DEIXA EU VER O QUE VOCÊ DESENHOU PARA A AULA DE ARTES, SUSIE?
BEM, UMA COMPORTADA PAISAGEM DOMÉSTICA. UMA CASA COM UM JARDIM FLORIDO. TIPICAMENTE FEMININO.
AS GAROTAS PENSAM PEQUENO E SE PREOCUPAM COM DETALHEZINHOS. MAS OS **MENINOS** PENSAM **GRANDE!** OS MENINOS PENSAM EM AÇÕES E CONQUISTAS! NÃO É DE SE ESPANTAR QUE OS **HOMENS** É QUE MUDAM O MUNDO!
É? E **VOCÊ** DESENHOU O QUÊ?
UM ESQUADRÃO DE B-1s BOMBARDEANDO NOVA YORK.

AH, NÃO. ACONTECEU DE NOVO.
CALVIN ACORDA IRRECONHECÍVEL, SEM ROSTO E COM DUAS ANTENAS. QUE NOJO.
ELE DESLIZA PARA FORA DA CAMA SOBRE UM RASTRO DE GOSMA. SEM BRAÇOS E PERNAS, COMO CALVIN VAI SE VESTIR?
AINDA NÃO COLOCOU AS ROUPAS? VOCÊ ESTÁ PARECENDO UMA LESMA ESTA MANHÃ!

AONDE VOCÊ VAI COM ESSE TELEFONE DE BRINQUEDO?
LÁ NO BOSQUE. VOCÊ PODE VIR JUNTO, SE QUISER.
O QUE VOCÊ VAI FAZER?
VER SE OS PÁSSAROS ESTÃO OCUPADOS.

Calvin e Haroldo
by WATTERSON
HA, HA! VEM AQUI, GAROTO!
IH!
SOCORRO! SOCORRO! O MONTE DE FOLHAS ME PEGOU!
CRUNCH CRUNCH
WATTERSON
O RASTELO! PRECISO DO RASTELO!
PODE ESQUECER, MOLEQUE! É O SEU FIM!
IÁÁÁ!! PARA TRÁS, AMEAÇA ARBÓREA! PARA TRÁS!
BAM BAM BAM
DEMÔNIO SINISTRO! VOCÊ NÃO VAI MAIS ENGANAR OUTRAS CRIANCINHAS INOCENTES! VOU TE ESPALHAR PELO QUINTAL!
ACHEI QUE VOCÊ TINHA DITO QUE IA LIMPAR O QUINTAL HOJE.
EU LIMPEI O QUINTAL. EU PASSEI A TARDE...
CADÊ O CALVIN?!

EU E SEU PAI VAMOS AO CINEMA HOJE À NOITE.
POSSO IR JUNTO?
NÃO, VOCÊ VAI FICAR EM CASA.
O QUÊ?! TENHO ALGO CONTAGIOSO? POR QUE NÃO POSSO IR?
PORQUE AS PESSOAS GOSTAM DE ASSISTIR AO FILME SEM OUVIR ALGUÉM BERRANDO CONSELHOS PARA OS PERSONAGENS.
E QUEM FAZ *ISSO?* VOCÊ ESTÁ DIZENDO QUE **EU** FAÇO ISSO?

A MAMÃE NÃO DEIXOU A GENTE IR AO CINEMA COM ELES, ENTÃO ACHO QUE ESTAMOS SOZINHOS HOJE À NOITE.
PODEMOS VER TV?
SE ELES NÃO DESCOBRIREM, QUE MAL TEM?
ALIÁS, DEPOIS QUE ELES FOREM EMBORA, PODEMOS ENTRAR NO OUTRO CARRO E APRENDER A DIRIGIR!
DEMAIS! EU APERTO A BUZINA, OK?
EI, TEM UMA ADOLESCENTE NA GARAGEM. AH, NÃO! É A **ROSALYN!**
NOSSA BABÁ?! O QUE ELA ESTÁ FAZENDO AQUI? A MAMÃE E O PAPAI NÃO **CONFIAM** NA GENTE?? RÁPIDO, SE ESCONDA!!

ESTAMOS SAINDO, ROSALYN. O CALVIN ESTÁ LÁ EM CIMA.
ESPERO QUE ELE NÃO DÊ MUITO TRABALHO HOJE.
NÃO SE PREOCUPE, DESSA VEZ EU TROUXE O FERRO DE MARCAR GADO!
SEU PAI E SUA MÃE RIRAM. TALVEZ FOSSE UMA PIADA.
TALVEZ ELES ACHEM QUE QUEIMAR CRIANCINHAS É ENGRAÇADO. VAMOS.

CALVIN? VOCÊ ESTÁ AÍ? SAIA DO QUARTO E VAMOS FAZER PIPOCA.
CALVIN?... AH, CÉUS...
ESTOU TE VENDO, CALVIN! VOLTE JÁ PARA DENTRO!
NÃO, SENHORA! SE QUISER, VAI TER QUE NOS PEGAR.
MEU DEUS... CORRE! ELA TEM UM GANCHO!
SAI DA FRENTE! SAI DA FRENTE!
VAMOS! JÁ PARA CASA! SEM BAGUNÇA, ESTÁ BEM?
PFFFF.
MEU TRABALHO É CUIDAR DE VOCÊ E É ISSO O QUE VOU FAZER, NEM QUE TENHA QUE AMARRÁ-LO NA CADEIRA.
ENTENDEU?
JAWOHL, MEIN FÜHRER!
CLIC
GOSTARIA DE REPETIR O COMENTÁRIO?
EU DISSE QUE NÃO VOU A LUGAR NENHUM. ME LARGA.
CHEGAMOS, ROSALYN. O CALVIN DEU TRABALHO?
NÃO MUITO. COLOQUEI ELE NA CAMA AGORA HÁ POUCO.
QUE BOM.
TOC TOC
QUEM PODE SER A UMA HORA DESSAS?
POLÍCIA, SENHOR. RECEBEMOS UMA CHAMADA SOBRE DOIS REFÉNS PRESOS AQUI.
CALVIN! DESÇA JÁ AQUI!!

Calvin e Haroldo
by WATTERSON
PIMBA!
UFA
FUNGA
GASP
BEM, SE VOCÊ NÃO SE METEU NUMA BRIGA NA ESCOLA, QUE DIABOS ACONTECEU?
DIGAMOS QUE ÀS VEZES EU PREFERIA TER UM HAMSTER.
WATTERSON

OI, PAI. ESTOU REPETINDO TUDO O QUE AS PESSOAS DIZEM.
AH, É MESMO?
AH, É MESMO?
PARE COM ISSO, CALVIN. É MUITO CHATO.
PARE COM ISSO, CALVIN. É MUITO CHATO.
EU ABRO MÃO DE TODAS AS SOBREMESAS DESSA SEMANA.
OK, PODE DAR ELAS PRA MIM.
HA, HA. POR QUE VOCÊ NÃO VAI PERTURBAR A SUA MÃE UM POUCO?

PSIU... SUSIE! QUAL É A RESPOSTA DA QUARTA PERGUNTA?
EUSOUTONTO.
OBRIGADO!
A FADA DOS DENTES VAI TE DEIXAR RICA ESSA NOITE, SUSIE.

OI, CALVIN. EU TROUXE O SR. COELHO PARA A GENTE BRINCAR DE CASINHA. NÓS PODEMOS SER OS PAIS, E O HAROLDO E O SR. COELHO SERÃO AS CRIANÇAS.
AH, CLARO. VOCÊ ACHA QUE O HAROLDO E EU VAMOS INTERROMPER NOSSOS GRANDES PLANOS PARA BRINCAR DE CASINHA COM UM COELHO DE PELÚCIA? ESQUECE!
NÃO ENTENDO POR QUE VOCÊ BRINCA COM O SEU TIGRE VELHO E NÃO COMIGO E COM O SR. COELHO! VOCÊ É MAU, É ISSO!
VAI BRINCAR NUM MICROONDAS, SUSIE. ESTAMOS OCUPADOS.
AS GAROTAS SÃO COMO AS LESMAS. ELAS DEVEM TER ALGUMA UTILIDADE, MAS É DIFÍCIL SABER QUAL.
VOCÊ REPAROU QUE O SR. COELHO PARECIA ESTAR EM COMA?

MÃE, EU E O HAROLDO PODEMOS ALUGAR UM FILME ESTA NOITE?
ACHO QUE NÃO, CALVIN. AMANHÃ VOCÊ TEM ESCOLA.
E SE FOR UM FILME *EDUCATIVO*?
TIPO O QUÊ?
AEROMOÇAS CANIBAIS SELVAGENS E ACORRENTADAS.
AGORA ELA NÃO QUER NEM DEIXAR A GENTE ENTRAR NA LOCADORA.
EU ACHO QUE A GENTE APRENDERIA **MUITO** VENDO ESSE FILME.

É BOM QUE NINGUÉM ESTEJA PREPARANDO UM ATAQUE SURPRESA!!
TUMP!
É DIFÍCIL MUDAR DE DIREÇÃO NO AR.
EU VOU MUDAR MUITO MAIS DO QUE A SUA DIREÇÃO, ESPERTINHO.

Calvin e Haroldo
CONFUSO, O ASTRONAUTA SPIFF SE ARRASTA PARA FORA DA CARCAÇA FUMEGANTE DE SUA NAVE.
by WATTERSON
NOSSO HERÓI AGORA SE ARREPENDE DE NÃO TER FEITO UM SEGURO QUE INCLUÍSSE REBOQUE.
O INTRÉPIDO ASTRONAUTA SPIFF FOI CAPTURADO PELOS HORRENDOS ZORGS DO PLANETA X-13!
CONDUZIDO PELOS CORREDORES ÚMIDOS DO CALABOUÇO, SPIFF PROCURA EM VÃO POR UMA OPORTUNIDADE DE ESCAPAR!
NOSSO HERÓI É LEVADO AO DÉSPOTA ZORG!
ENTÃO ESTE É O FAMOSO EXPLORADOR ESPACIAL SPIFF. ESPEREI MUITO POR ESTE MOMENTO, SEU LIXO TERRÁQUEO!
NÓS PRECISAMOS DO SEU CONHECIMENTO. COLABORE, E O MATAREMOS DE FORMA QUASE INDOLOR.
VAMOS DEIXAR AS FORMALIDADES DE LADO, SEU CRUSTÁCEO ESPACIAL DOENTIO. O QUE VOCÊ QUER DE MIM?
UM RESUMO DA EXPEDIÇÃO DE LEWIS E CLARK PELO PACÍFICO!
RÁ! NEM UM ZONTRAG SELVAGEM CONSEGUIRIA ARRANCAR ESSA INFORMAÇÃO DE MIM! FAÇA O QUE VOCÊ QUISER!
VOCÊ NÃO ESTUDOU A LIÇÃO, NÃO É, CALVIN?
WATTERSON

Ei, Calvin, vem cá.
EMPURRÃO
Ha, ha, ha! Que panaca! Ha, ha, ha!
AS PESSOAS QUE SENTEM SAUDADES DA INFÂNCIA OBVIAMENTE NUNCA FORAM CRIANÇAS.

VOCÊ PARECE DEPRIMIDO.
EU ESTOU.
O MOE FICA ME BATENDO SEM MOTIVO NA ESCOLA. ELE É MALVADO SÓ POR DIVERSÃO.
AINDA BEM QUE VOCÊ É UM ANIMAL. OS ANIMAIS ÀS VEZES FAZEM MUITO MAIS SENTIDO DO QUE AS PESSOAS.
... E SOMOS MAIS BONITINHOS TAMBÉM.
CERTO, HAROLDO. BEM LEMBRADO.

OLHA, HAROLDO, EU PRECISO QUE VOCÊ VÁ À ESCOLA COMIGO E MOSTRE OS DENTES PARA O MOE, OK?
VOCÊ NÃO PRECISA MATAR ELE NEM NADA. SÓ DAR ALGUMA COISA PARA ELE PENSAR A CAMINHO DA CIRURGIA.
EM GERAL, ELE VEM ATRÁS DE MIM NO RECREIO, ENTÃO A GENTE PEGA ELE LÁ. VOCÊ NÃO ESTÁ COM RAIVA, ESTÁ?
CLARO QUE NÃO.
DROGA. BOM, IMAGINO QUE ELE AO MENOS VÁ PRECISAR DE UMA INJEÇÃO ANTITETÂNICA.

EI, CALVIN, POR QUE VOCÊ TROUXE SEU TIGRE DE PELÚCIA? HOJE NÃO É DIA DE BRINQUEDO.
EU SEI. EU E O HAROLDO TEMOS UM "PRESENTINHO" PARA O MOE: UM PASSEIO DE AMBULÂNCIA.
É? E COMO ELE VAI FAZER *ISSO?*
SE VOCÊ TEM AVERSÃO A IMAGENS DE CARNIFICINA, É MELHOR EU NEM DIZER.
CONVERSAR COM VOCÊ É O EQUIVALENTE A TER UMA EXPERIÊNCIA EXTRA-CORPÓREA.
NÃO SE APROXIME. QUERO O HAROLDO BEM-DISPOSTO ESTA TARDE.
WATTERSON

Olha só, o Calvin tem um ursinho. Que doçura, Cal.
É UM TIGRE, SEU INVERTEBRADO ACÉFALO.
Ei, quem sabe eu possa brincar com seu ursinho!
BOA IDÉIA, MOE. O HAROLDO PODE SER MEIO BRUTO, MAS ELE ADORA SE *DIVERTIR*. PODE PEGÁ-LO.
Por quê? A professora está olhando? Isso é um truque, né? Eu não vou mexer no seu ursinho imbecil, está bem?
VEM, VEM! QUAL É O PROBLEMA, MARICAS? ESTÁ COM MEDINHO?
HA, HA! NOSSA, VOCÊ ASSUSTOU *ELE* DE JEITO! VOCÊ FOI DEMAIS!
VOLTE AQUI E ME CHAME DE "URSINHO" OUTRA VEZ! É, VOCÊ, ESPERTINHO!!
WATTERSON

FALEI COM A SUA PROFESSORA SOBRE O MOE E ELA DISSE QUE VAI DAR UM JEITO NELE.
ACHO QUE VOCÊ PERDEU TEMPO, MÃE. FOI SÓ O MOE DAR UMA OLHADA NO HAROLDO PARA TREMER NA BASE.
TENHO CERTEZA DE QUE O MOE NÃO VAI *ME* INCOMODAR POR UM BOM TEMPO. NÃO É TODA CRIANÇA QUE TEM UM *TIGRE* COMO MELHOR AMIGO.
... E QUE MÃES SORTUDAS ESSAS CRIANÇAS TÊM.
VEM, HAROLDO, SE VOCÊ ME EMPRESTAR UMA PRATA EU TE COMPRO UM GIBI.
WATTERSON

Calvin e Haroldo
by WATTERSON
QUERIA QUE FOSSE SÁBADO, E NÃO DOMINGO.
QUALQUER DIA QUE VOCÊ PRECISE TOMAR BANHO E DORMIR CEDO NÃO É UM DIA DE FOLGA PARA *MIM*.
OS DOMINGOS DE OUTONO SÃO OS PIORES.
NUNCA DÁ PARA APROVEITAR O DOMINGO PORQUE, NO FUNDO, VOCÊ SABE QUE TEM AULA NO DIA SEGUINTE.
E QUANDO AS FOLHAS MUDAM DE COR, SÓ SERVEM PARA LEMBRAR QUE O VERÃO JÁ ERA E VOCÊ ACABOU DE VOLTAR PARA A ESCOLA.
PUXA, ESSA É MINHA ESTAÇÃO *PREFERIDA!* AS ÁRVORES SÃO COMO FOGOS DE ARTIFÍCIO DA NATUREZA!
EU GOSTO DO AR REFRESCANTE, DOS DIAS CURTOS, DOS... HÃ... DOS... SIM, BEM... HMM.
CAPAM! FUUUSH! ZINGG!
VOCÊ ESQUECEU DE MENCIONAR AS MAÇÃS, CABEÇA-OCA. VOCÊ GOSTA DE MAÇÃ??

SNIP SNAP CRÉC
CHUCA CHUCA
UUUUSSSSHHH
CHUF CHUF CHUF CHUF CH
CRITCH CRUNCH CRITCH CRUNCH
ÀS VEZES É MELHOR FICAR QUIETO E DEIXAR O OUTONO FALAR UMAS PALAVRINHAS.

MORTADELA É UM NEGÓCIO ASSUSTADOR. E QUE DIABOS SÃO ESSAS MANCHINHAS? RABO DE LAGARTO? QUEM SABE?
E ESSA "PELE"? OUVI DIZER QUE ELA ERA FEITA DE TRIPA, MAS ACHO QUE HOJE EM DIA É DE PLÁSTICO.
E É CLARO QUE ELES ENCERAM E PINTAM AS FRUTAS PARA ELAS FICAREM MAIS BONITAS. É COMO COMER UMA VELA.
E A MINHA MÃE NÃO SABE POR QUE EU SINTO TANTA FOME DEPOIS DA AULA.
É, NÓS PROVAVELMENTE ESTARÍAMOS MORTOS SE NÃO FOSSE O CHOCOLATE.

BON VOYAGE PAPAI

COM SUA AUDIÇÃO ULTRA-SÔNICA, O **HOMEM-ESTUPENDO** PERCEBE QUE HÁ ALGUÉM EM PERIGO NUM BECO DISTANTE!
ELE CORRE ATÉ A BEIRADA DO PRÉDIO E SE PREPARA PARA SALTAR RUMO AO RESGATE!
ENTRETANTO, O HOMEM-ESTUPENDO NÃO HAVIA PERCEBIDO O QUÃO ALTO ESTAVA. A ESSA ALTITUDE O VENTO PODE PREGAR UMA PEÇA E...
VOCÊ VAI DESCER OU QUER UM EMPURRÃO?
NÃO ME APRESSE, OK?!

ACK! ICK!
ACKPT! GHK!
HA-HA-HA HA
BLECHSS GARCH
PODE IR BABANDO ATÉ O CARRO, MOLEQUE. VOCÊ PRECISA CORTAR O CABELO.

VOCÊ ACHA QUE ESTÁ ESFRIANDO?
NÃO MUITO.
EU NÃO ACHO QUE O TEMPO VAI MUDAR.
NEM EU.
BOLAS. VAMOS ENTRAR.

Calvin e Haroldo
by WATTERSON
SEU PAI ESTÁ TRABALHANDO, ENTÃO TENTE NÃO INCOMODÁ-LO, TÁ?
TENHO UMA PERGUNTA, PAI.
SIM?
AS PESSOAS ÀS VEZES EXPLODEM ESPONTANEAMENTE?
HÃ... NÃO QUE EU SAIBA.
QUE ALÍVIO! OBRIGADO, PAI.
DE NADA.
PÔU!
ENGANEI VOCÊ?
SE VOCÊ ESTÁ COM DIFICULDADES PARA FAZER ALGO ÚTIL, EU TENHO ALGUMAS SUGESTÕES.

MEXE
MEXE
MEXE
MEXE
MEXE
MEXE
EU NÃO COMO CEREAIS QUE NÃO DEIXAM O LEITE ROXO.
LEITE
WATTERSON

O TORNADO ASSASSINO CHEGA À CIDADE.
OS VENTOS CIRCULARES ATINGEM VELOCIDADES SUPERIORES A 300 KM/H! O FURACÃO PROCURA POR UM BAIRRO TRANQUILO!
AO ENCONTRAR UM, ELE TOCA O CHÃO! NA EXPLOSÃO DE AR QUE SE SEGUE, OS ESCOMBROS SÃO LANÇADOS A DEZENAS DE METROS!
QUANDO VOCÊ VAI ARRUMAR O QUARTO? PARECE QUE...
PASSOU UM FURACÃO. EU SEI.

OBA, É SÁBADO!
O QUE ESTÁ ACONTECENDO? CADÊ OS DESENHOS ANIMADOS? A TV ESTÁ FORA DO AR.
WATTERSON
O GUIA DIZ QUE ELES SÓ COMEÇAM ÀS 6H30.
DROGA, AINDA FALTAM 45 MINUTOS! BOM, VENHA, VAMOS APOSTAR CORRIDA NAS ESCADAS!
BANG!
BONC
POR QUE ELE NÃO ACORDA CEDO ASSIM PARA IR À ESCOLA?
VOCÊ PODE IR LÁ QUEBRAR AS PERNINHAS DELE, QUERIDA?

Ô PAI, SUA ÚLTIMA PESQUISA CHEGOU. VAMOS VER O QUE ELA DIZ.
AGÜENTA, CORAÇÃO.
PUXA VIDA! SUA POPULARIDADE MELHOROU! ELA SUBIU 30 PONTOS!
SÉRIO?
ORA BOLAS, É CLARO! ESTOU LENDO O GRÁFICO DE PONTA-CABEÇA! QUE TONTO EU SOU!
... ESPERO QUE VOCÊ JÁ TENHA ARRUMADO AS MALAS, PAI.
VOCÊ NÃO TEM LIÇÃO DE CASA?
WATTERSON

Z
Z
Z
SNIF
SNIF
EU GOSTO DE BAGUNÇAR OS SONHOS DELE.
ZZ... BISCOITO? PARA MIM? É CLARO, PODE DAR RÉ NO CAMINHÃO... ZZZZ
WATTERSON

MÁS NOTÍCIAS PARA A SUA CAMPANHA, PAI.
É?
É. A ÚLTIMA PESQUISA ENTRE OS RESIDENTES DE SEIS ANOS DA CASA MOSTRA QUE ESSE ANO ELES NÃO SE IMPORTAM COM AS GRANDES QUESTÕES. O QUE CONTA É O CARÁTER.
E POR QUE ISSO É UMA MÁ NOTÍCIA?
QUEM É A MOCRÉIA COM VOCÊ NESSA FOTO ANTIGA?
ESSA "MOCRÉIA" É A SUA MÃE!
QUEM É MOCRÉIA?
QUE PENTEADO MANEIRO, MÃE!

A TRISTE VERDADE, PAI, É QUE NINGUÉM AQUI QUER SABER SUAS OPINIÕES A RESPEITO DA PATERNIDADE. NÓS SÓ QUEREMOS SABER É DO SEU CARÁTER.
SE VOCÊ VAI SER O PAI POR AQUI, PRECISAMOS TER CERTEZA DE QUE VOCÊ NUNCA FEZ OU DISSE NADA QUE PUDESSE COMPROMETER O SEU JULGAMENTO.
EU TENHO AQUI SEU ANUÁRIO DA FACULDADE. VAMOS DAR UMA OLHADA NELE, QUE TAL?
É VOCÊ AQUI COM O BARRIL DE CHOPE E A CAMISETA "FESTEJE PELADO"?
ME DÁ ISSO AQUI!

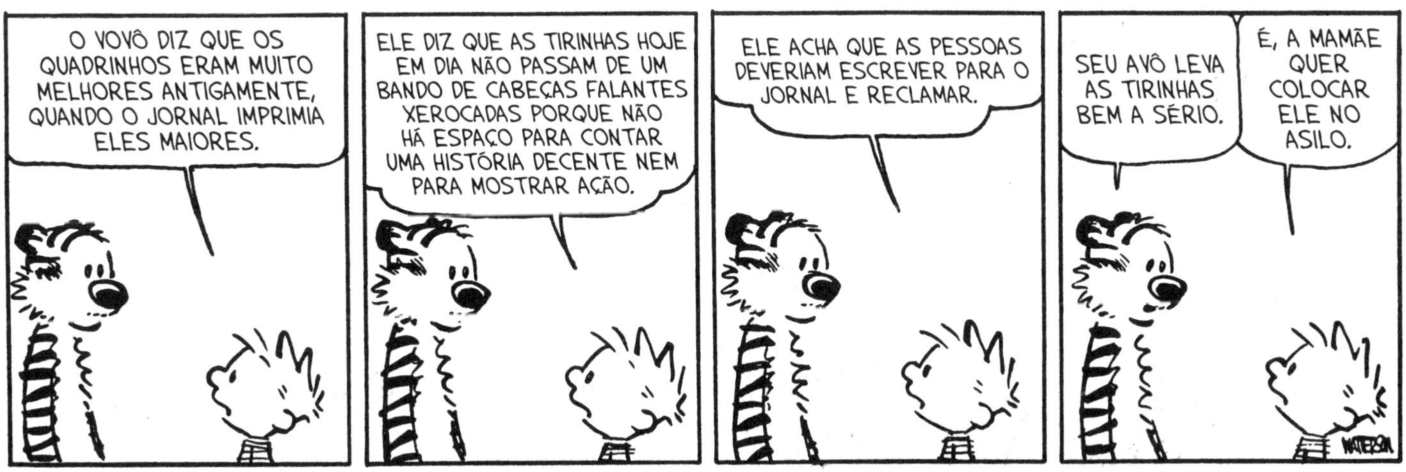
O VOVÔ DIZ QUE OS QUADRINHOS ERAM MUITO MELHORES ANTIGAMENTE, QUANDO O JORNAL IMPRIMIA ELES MAIORES.
ELE DIZ QUE AS TIRINHAS HOJE EM DIA NÃO PASSAM DE UM BANDO DE CABEÇAS FALANTES XEROCADAS PORQUE NÃO HÁ ESPAÇO PARA CONTAR UMA HISTÓRIA DECENTE NEM PARA MOSTRAR AÇÃO.
ELE ACHA QUE AS PESSOAS DEVERIAM ESCREVER PARA O JORNAL E RECLAMAR.
SEU AVÔ LEVA AS TIRINHAS BEM A SÉRIO.
É, A MAMÃE QUER COLOCAR ELE NO ASILO.

Calvin e Haroldo
by WATTERSON
DÊ UM BEIJO DE BOA-NOITE NO HAROLDO TAMBÉM, MÃE.
SE VOCÊ NÃO GANHA BEIJO DE BOA-NOITE, TEM SONHOS KAFKIANOS.
DURMA BEM. CUIDADO COM AS PULGAS E OS PERCEVEJOS.
QUE DIABOS ELA QUIS DIZER? TEMOS VERMES NA CASA AGORA??
O COLCHÃO ESTÁ SE MEXENDO!
OPA! ACHO QUE É UM PERCEVEJO!
GAAH! PERNAS!! ELE DEVE SER GIGANTE! QUE NOJO! UGGHH!!
VOU PEGAR O INSETICIDA! NÃO DEIXE ELE ESCAPAR!
PRECISO DE MAIS PESO! COLOCA SEU BAÚ AQUI!
O QUE ESTÁ ACONTECENDO LÁ EM CIMA?!
PARECE QUE ELE ESTÁ MEXENDO A MOBÍLIA!
ACHEI O SPRAY! LEVANTA O COLCHÃO!
MANDA BALA!
CÉUS, NEM COM TODO ESSE SPRAY ELE MORREU! O QUE NÓS VAMOS FAZER?!
ESTOU OUVINDO SEU PAI CHEGAR! TALVEZ ELE POSSA MATÁ-LO!
JÁ ERA HORA, PAI. ELE RASTEJOU DE VOLTA PARA O COLCHÃO! PEGA O MATA-MOSCAS!
EU (TOSSE) TE DIGO JÁ QUEM VAI RASTEJAR! (ENGASGO) O QUE VOCÊ FEZ COM ESSE QUARTO?!!

VOCÊ LEU ISSO? ESSA ESTRELA DA TV GANHOU 20 MILHÕES DE DÓLARES ANO PASSADO.
O QUE VOCÊ *FARIA* COM 20 MILHÕES DE PRATAS?
NÃO FAÇO IDÉIA. EU ACHO RIDÍCULO QUE ALGUÉM GANHE ESSE DINHEIRO TODO.
OK, DIGAMOS QUE VOCÊ GANHOU SÓ **15** MILHÕES.
DIGAMOS QUE FORAM 18.

OI, MÃE.
BUM BA DA BUM BUM
E AÍ, SÓ FERVEÇÃO?
HA HA HA HA HA HA
O QUE VOCÊ *TEM?*
EU ACHEI QUE MINHA VIDA FICARIA MAIS INTERESSANTE SE TIVESSE TRILHA SONORA E CLAQUE.

INVENTEI UMA PIADA. UM HOMEM CHEGA NO CACHORRO E DIZ: "FINGE DE MORTO!"
E O CACHORRO OLHA E RESPONDE: "COM ESSA COMIDA, NEM PRECISO FINGIR!" HA, HA, HA, HA, HA!!
QUAL É O PROBLEMA? VOCÊ NÃO *ENTENDEU?!*
BAH, OS TIGRES NÃO ENTENDEM NADA DE HUMOR SOFISTICADO.
COMO O CACHORRO APRENDEU A FALAR?

Calvin e Haroldo
PODE IR MAIS PARA TRÁS. VOU DAR O MAIOR CHUTE NISSO AQUI.
by WATTERSON
PODE IR. PODE IR.
EU DISSE MAIS PARA TRÁS! PODE IR!
AQUELE TONTO. ELE NÃO CONSEGUE CHUTAR TÃO LONGE.
CHUTE
TUMP
O QUE VOCÊ ESTÁ FAZENDO? ESTOU A DEZ JARDAS DO GOL! VOCÊ NÃO VAI TENTAR ME PEGAR?!?
EU PODIA IR ENGATINHANDO ATÉ A LINHA DO GOL QUE VOCÊ NUNCA IA ME ALCANÇAR! QUAL É O SEU PROBLEMA??
OPS.
WATTERSON
PIMBA!
VOCÊ QUER TENTAR AS DUAS ÚLTIMAS JARDAS OU VAI ME DAR A BOLA AGORA?
EU VOU PEDIR UM INTERVALO DE DEZ ANOS PARA CRESCER UM POUCO.

OI, SUSIE. O QUE VOCÊ TROUXE PARA O LANCHE HOJE?
NÃO FALE COMIGO. NÃO QUERO SABER SE VOCÊ ACHA MEU LANCHE NOJENTO. MEU LANCHE ESTÁ ÓTIMO.
RELAXA. EU NÃO IA DIZER NADA SOBRE O SEU LANCHE. PASSA O SAL, POR FAVOR?
AQUI.
OBRIGADO. LESMAS FICAM MAIS GOSTOSAS QUANDO ESTÃO RETORCIDAS.
WATTERSON

CHEGUEI!
BÓINGGG
PLAMBA!
EU LI QUE A COLUNA VERTEBRAL DOS TIGRES É COMO UMA GRANDE MOLA DE FERRO.
EU LI QUE O CÉREBRO DELES É COMO UMA GRANDE TIGELA DE MINGAU.
WATTERSON

EEECA! QUANTO TEMPO ELES VÃO FICAR SE BEIJANDO? ESSE PROGRAMA SÓ DURA UMA HORA!
CÉUS, OLHA SÓ UM BABANDO NA CARA DO OUTRO! POR QUE ALGUÉM FARIA ISSO? ELES GOSTAM?
HORA DE DORMIR.
EU TENHO CERTEZA DE QUE EXISTE UMA LIGAÇÃO AÍ.
WATTERSON

O QUE VOCÊ ESTÁ FAZENDO?
FALSIFICANDO DINHEIRO.
É BEM DIFÍCIL. OLHA SÓ AS LINHAZINHAS DESTA NOTA.
VOCÊ ACHA QUE ALGUÉM VAI CAIR NA SUA FALSIFICAÇÃO?
CLARO. TODO MUNDO.
NOTA-SE QUE O VELHO GEORGE TEM ARTRITE.
EU *FALEI* QUE ERA DIFÍCIL.

A BALEIA GIGANTE NADA RUMO À SUPERFÍCIE.
ELA BATE FURIOSAMENTE A ENORME CAUDA PARA GANHAR IMPULSO!
O COLOSSO DE 35 TONELADAS EMERGE! ELE ATINGE A SUPERFÍCIE COM UM ESTRONDO ENSURDECEDOR!
CALVIN, É BOM QUE VOCÊ NÃO ESTEJA MOLHANDO O CHÃO, OUVIU BEM?!

PÁRA DE ROUBAR ESPAÇO. VOCÊ ESTÁ NO MEU LADO.
AZAR O SEU, CABEÇA-OCA.
VOCÊ JÁ PENSOU NOS GÊISERES E NAS CACHOEIRAS? CENTENAS DE MILHARES DE LITROS DE ÁGUA! INUNDANDO, ESCORRENDO, VAZANDO, JORRANDO, TRANSBORDANDO!
ELE JOGA SUJO MESMO.

O ASTRONAUTA SPIFF FOGE DOS SERES DESPREZÍVEIS DO PLANETA Q-13!
EM UMA MANOBRA SURPREENDENTE, NOSSO HERÓI DÁ MEIA-VOLTA E ENCARA OS ADVERSÁRIOS! ELE PUXA O GATILHO DOS RAIOS MORTAIS!
NADA ACONTECE! SPIFF TENTA O RAIO MERTILIZADOR, MAS ELE TAMBÉM NÃO FUNCIONA! NEM AS FOSFOBOMBAS OU OS CANHÕES MORDO! ESTÁ TUDO QUEBRADO!!
1812! GETTYSBURG! 30 CENTÍMETROS CÚBICOS! M ANTES DE P E B! THOMAS EDISON!
TALVEZ ALGUÉM QUE ESTEJA ***PRESTANDO ATENÇÃO*** POSSA AJUDAR O CALVIN?

Z
¡ÁÁÁÁ!
EU SEMPRE ESQUEÇO QUE CINCO DAS SEIS EXTREMIDADES DELE SÃO PONTIAGUDAS QUANDO ESTÁ DEITADO ASSIM.

Calvin e Haroldo
by WATTERSON
SE VOCÊ NÃO SE APRESSAR, VAI PERDER O ÔNIBUS DA ESCOLA.
ESSA É A MELHOR NOTÍCIA QUE OUVI HOJE.
VEJAMOS O QUE VOU USAR HOJE.
AARGH!!
AGORA, RAPAZES! PEGUEM ELE!
SOCORRO
SOCORRO
SOCORRO
SOCORRO
SEGUREM OS BRAÇOS E OS PÉS DELE!
OK, RAPAZES, VAMOS SEGUIR O PLANO. CALÇA LISTRADA! CAMISA DE BOLINHA! JAQUETA XADREZ! TODO MUNDO NELE!
EI!!
EU NÃO VOU SAIR ASSIM! VÃO EMBORA!
LEVANTEM A PERNA DELE! FAÇAM ELE ANDAR!
O QUE É ISSO?! VOCÊ FICOU DALTÔNICO??
EU NÃO QUERO FALAR SOBRE ISSO.

ESTÁ ESFRIANDO CADA VEZ MAIS.
TAMBÉM NOTEI QUE HÁ MENOS LUZ DURANTE O DIA.
AH, NÃO! ISSO SÓ PODE SIGNIFICAR UMA COISA!
O SOL ESTÁ SE APAGANDO! EM ALGUNS MESES A TERRA SERÁ UMA BOLA DE GELO ESCURA E DESERTA!
BOM, PELO MENOS NÃO PRECISO ME PREOCUPAR COM AQUELE PLANO DE APOSENTADORIA QUE DISPENSEI NO ANO PASSADO.

MEU PAI DISSE QUE O SOL NÃO VAI SE APAGAR.
ELE DISSE QUE ESTÁ FRIO PORQUE NOSSO HEMISFÉRIO AGORA ESTÁ MAIS LONGE DO SOL.
ELE DISSE QUE LOGO SERÁ INVERNO.
NÃO É TRISTE VER QUE AS PESSOAS SE AGARRAM À VIDA TÃO PRECARIAMENTE QUE ACEITAM QUALQUER DELÍRIO ABSURDO EM VEZ DE ENCARAR UMA VERDADE SOMBRIA E OCASIONAL?

VOCÊ VAI VIVER SEUS ÚLTIMOS MESES DE VIDA DE OUTRO JEITO, AGORA QUE O SOL VAI SE APAGAR E QUE ESTAMOS TODOS CONDENADOS?
NÃO, EU SEMPRE ACREDITEI EM VIVER CADA DIA COMO SE FOSSE O ÚLTIMO, ENTÃO NÃO TENHO ARREPENDIMENTOS.
INSPIRADOR, NÃO É?
SE VOCÊ FOSSE OUTRA PESSOA, TALVEZ.
PASSA AQUELE NÚMERO ALI DO CAPITÃO NAPALM?

MINHA PROFESSORA DISSE A MESMA COISA QUE MEU PAI. PELO VISTO, O SOL **NÃO** VAI SE APAGAR.
SÓ ESFRIOU PORQUE O INVERNO ESTÁ CHEGANDO. MEU PAI ESTAVA CERTO DESDE O INÍCIO!
QUEM PODIA IMAGINAR QUE ELE SABERIA UMA COISA DESSAS?

QUE HISTÓRIA VOCÊ VAI LER HOJE, PAI? NÃO TEM ROMANCE, NÉ?
HÃ...
SE TIVER, PODE CORTAR. DETESTO ROMANCE. TEM DESCRIÇÕES LONGAS E TEDIOSAS?
BEM...
PODE PULAR, SE TIVER. EU GOSTO DE HISTÓRIAS RÁPIDAS E QUE PRENDAM A ATENÇÃO.
E NÃO TEM MORAL, NÉ? DETESTO QUANDO DIZEM COMO DEVO LEVAR MINHA VIDA. PULE A MORAL TAMBÉM, CERTO?
E VOSSA MAJESTADE PREFERE IMAGENS COLORIDAS OU EM PRETO-E-BRANCO?

O PODEROSO DESTRÓIER PATRULHA OS MARES!
DE REPENTE, O NAVIO GIRA DESCONTROLADAMENTE! ELE ESTÁ PRESO NUM REDEMOINHO!
EM INSTANTES, A ENORME EMBARCAÇÃO DESAPARECE PARA SEMPRE NO VÓRTICE GIRATÓRIO!
OH, NÃO! E LÁ VEM O RESTO DA MARINHA!
VOCÊ JÁ ABRIU O RALO?

Calvin e Haroldo
by WATTERSON
ZZ-ZZZ
BBWAAHH
CALVIN, É HORA DE ACORDAR.
Z
BAS DE COLATE
CALVIN, É HORA DE ACORDAR.
VAMOS, VOCÊ VAI SE ATRASAR PARA A ESCOLA.
Z
MEUS SONHOS ESTÃO FICANDO LITERAIS DEMAIS.

EU SEREI O PRÓXIMO HOUDINI! QUERO QUE VOCÊ ME AMARRE NA CADEIRA PARA EU TENTAR ESCAPAR!
APERTE BEM OS NÓS. NADA DE MOLEZA. AMARRE OS MEUS PÉS TAMBÉM.
CERTO, QUERO VER VOCÊ SAIR **DESSA**.
RÁ! **NADA** PODE DETER O GRANDE CALVINI!
CALVIN, HORA DO JANTAR!
POSSO AVISÁ-LOS QUE VOCÊ ESTÁ MEIO ENROLADO? HA, HA!
EU JÁ (UNF) VOU ME (URGH) SOLTAR. DROGA, NÃO CONSIGO ME MEXER.

O JANTAR ESTÁ ESFRIANDO, CALVIN!
SÓ UM MINUTINHO.
VOCÊ QUER QUE EU TE DESAMARRE?
NÃO! NÃO TOQUE NESSA CORDA! EU QUERO **ESCAPAR!**
É FÁCIL. É SÓ BALANÇAR UM POUCO PARA AFROUXAR OS NÓS. NENHUMA CORDA PODE **ME** SEGURAR!
OPA! AI!!!
QUE BOM QUE VOCÊ TESTOU ANTES DE FAZER O TRUQUE EMBAIXO D'ÁGUA.

UUNF! GGGC! É MELHOR VOCÊ ME SOLTAR. NÃO CONSIGO SAIR.
VEJAMOS, ESSA PONTA VAI ALI E ESSA DÁ A VOLTA AQUI. VOCÊ SABE COMO OS NÓS SÃO COMPLICADOS.
RÁPIDO.
SE PUXAR ESSE, ACHO QUE...
AHH! APERTOU MAIS! PUXA PRO OUTRO LADO! PRO OUTRO LADO!
CALVIN, É A SUA ÚLTIMA CHANCE! DESÇA JÁ AQUI!
"AGÜENTA FIRME!" HA, HA! VOU PEGAR SEU MANUAL DE ESCOTISMO.
NÃO ACREDITO NISSO.

EU SEMPRE QUIS SER ESCOTEIRO E GANHAR UMA MEDALHA DE HONRA AO MÉRITO, MAS ODEIO IR A REUNIÕES.
OK, OK, CONCEN-TRE-SE NAS AMARRAS, TÁ BOM?
EI, VEJA SÓ, UM LEMA! EU NÃO SABIA QUE VOCÊ TINHA UM LEMA! UAU, QUE DEMAIS!
"PRATIQUE A VINGANÇA" VAI SER O MEU LEMA SE VOCÊ NÃO ME TIRAR DESSA.
VOU TESTAR VOCÊ. COMO SE TRATA UMA QUEIMADURA DE SEGUNDO GRAU?
NÃO É PARA FOLHEAR O LIVRO, SEU IDIOTA! ME SOLTA!
HUNF, SE EU ESTIVESSE NA SUA SITUAÇÃO, ME TRATARIA COM MUITO MAIS RESPEITO. VOCÊ VAI ME PEDIR DESCULPAS?
UNFF! RARGGH! OOH! ARGH!
SEU VERMEZINHO DE UMA FIGA...

SEM BRINCADEIRA, HAROLDO, SE VOCÊ NÃO ME SOLTAR EM DEZ SEGUNDOS...
VOCÊ SE METEU NESSA, "SR. HOUDINI", NÃO EU.
MAS EU TINHA QUE ESTAR JANTANDO. MINHA MÃE VAI ME ESGANAR!
SER MÁGICO É UM NEGÓCIO ARRISCADO. EI, OLHA AQUI, O CÓDIGO MORSE!
ESTÁ BEM, DESCULPA POR TE XINGAR. EU ME DESCULPEI, FALOU? AGORA ME SOLTA!
OLHA SÓ COMO SE DIZ "BANANA" EM MORSE. TRAÇO PONTO PONTO PONTO, PONTO TRAÇO...
O QUE ESSE MOLEQUE ESTÁ FAZENDO?! PARECE QUE ELE ESTÁ ARRASTANDO A CADEIRA PELO QUARTO.
BONC BONC
BOM, A COMIDA ESFRIOU. AZAR O DELE.

MUITO BEM, RAPAZINHO. VOCÊ PERDEU UM ÓTIMO JANTAR. PODE SAIR DAÍ.
VOCÊ SE AMARROU?? QUE DIABOS VOCÊ ESTÁ FAZENDO?!
O HAROLDO ME AMARROU, PAI! É CULPA DELE!
NÃO INVENTA, CALVIN. COMO FOI QUE VOCÊ FEZ ISSO?!
FOI O HAROLDO, PAI! ELE ME SEQÜESTROU E IA PEDIR O RESGATE! EU JURO!
RESGATE?? E QUEM IA QUERER PAGAR POR VOCÊ, SEU TRAMBIQUEIRO?! AINDA BEM QUE SEU PAI NÃO ACREDITOU NESSA MENTIRA SUJA!
AH, FICA QUIETO. VOCÊ SEMPRE ME METE EM CONFUSÃO.

Calvin e Haroldo
by WATTERSON
No princípio não havia nada...
... e, então, havia Calvin!
O todo-poderoso Calvin criou o universo de acordo com a sua vontade!
Do nada absoluto surge um turbilhão de formas! A vida começa onde antes não havia nada.
Mas Calvin não é um deus amável e benevolente! Ele é um deus de tempos remotos. Ele exige sacrifícios!
Sim, Calvin é um deus do inferno! E os insignificantes terráqueos o irritam!
O grande Calvin ignora seus pedidos de misericórdia e os condenados se retorcem em agonia!
VOCÊ VIU COMO O CALVIN ESTÁ CONCENTRADO COM O JOGO DE MONTAR? ELE ESTÁ CRIANDO MUNDOS INTEIROS!
APOSTO QUE VAI SER ARQUITETO QUANDO CRESCER.
WATTERSON

MÃE, O QUE TEM PARA O JANTAR HOJE?
TORTELLINI.
AH, NÃO, TUDO MENOS TORTELLINI! EU *ODEIO* TORTELLINI!! QUE NOJO! ECA! TORTELLINI!!
TORTELLINI É A COISA MAIS NOJENTA QUE EXISTE!! PODEMOS COMER OUTRA COISA?
NÃO.
TORTELLINI... TORTELLINI... T-O-R...
DICIONÁRIO
DICIONÁRIO

VOCÊ VIU QUE TEMOS UMA PROFESSORA SUBSTITUTA HOJE?
AH, NÃO! ISSO SIGNIFICA QUE A NOSSA PROFESSORA *DE VERDADE* PEGOU UM FOGUETE DE VOLTA PARA SATURNO E FOI SE APRESENTAR AOS CHEFES DELA!
ELES QUEREM SUBVERTER AS CRIANCINHAS COM MENSAGENS SUBLIMINARES NA LIÇÃO DE CASA, DIZENDO PARA ENTREGARMOS NOSSOS PAIS QUANDO OS SATURNIANOS ATACAREM! A TERRA FICARÁ INDEFESA!
EU ACHO QUE UM DE NÓS TEM COMIDO COLA DEMAIS NA AULA DE ARTES.
MAS EU SOU ESPERTO DEMAIS PARA CAIR NESSA! EU NÃO FAÇO AS MINHAS LIÇÕES!

HORA DO BANHO, CALVIN!
POR FAVOR, VAMOS ACABAR COM ISSO DE UMA VEZ, ESTÁ BEM?
CADÊ VOCÊ? ANDA LOGO!
ELA NUNCA VAI PROCURAR AQUI.

EIS O TERRÍVEL LAGARTO TROVÃO, O TIRANOSSAURO REX!
ELE É O MAIS FEROZ DE TODOS OS DINOSSAUROS, VINTE TONELADAS DE MÚSCULOS ESMAGADORES E DENTES AFIADOS!
SEMPRE VITORIOSO, ELE SOLTA UM RUGIDO TRIUNFANTE!
BIBLIOTECA
CHUTE

AH... AH... AH...
EU **GODEIO** GUANDO IFO AGONDECE.

CALVIN, O CRIMINOSO, ESTÁ PRESTES A ENFRENTAR A JUSTIÇA! UMA TURBA RAIVOSA VEM ASSISTIR À EXECUÇÃO!
À MEDIDA QUE É CONDUZIDO À FORCA, CALVIN REMEMORA SEUS MUITOS CRIMES HORRENDOS. ELE NÃO SE ARREPENDE!
A CORDA É COLOCADA EM SEU PESCOÇO E APERTADA! É O SEU FIM!
GACKK URRGHH
AH, DEIXA DISSO. TEM GENTE QUE USA GRAVATA TODOS OS DIAS.

Calvin e Haroldo
by WATTERSON
UÁÁÁ
PUTT PUTT PUTT PUTT PUTT PUTT
Z
COÇA COÇA
ZZ MMM...
ESFREGA ESFREGA ESFREGA
ZZ ...RRRR...
RÓC RÓC RÓC
ZZ... ...UUU...MM...
ROÇA ROÇA ROÇA ROÇA
ZZ NHAM NHAM ZZ...
NHAGC ZZ...
HMMMMMM
ZZZ Z
SÓ ESSE SUSPIRO ME RENDEU DEZ ANOS A MENOS DE PURGATÓRIO.
Z

E COMO FOI A MATINÊ NO CINEMA?
CINEMA? AH, É, O FILME. TINHA UM FILME PASSANDO. ACHO QUE FOI BOM.
COMO FOI A MATINÊ?
NÓS... VAMOS... COMPRAR... UM VIDEOCASSETE.
WATTERSON

ABRE A BOCA E FECHA OS OLHOS QUE EU TENHO UMA SURPRESA.
PRONTO? LÁ VAI... EI! VOCÊ ESTÁ OLHANDO!
QUAL É O PROBLEMA? VOCÊ NÃO CONFIA NO PRÓPRIO FILHO? VAI, FECHA OS OLHOS!
WATTERSON
OPA. ESPERA UM POUCO, ELE FUGIU.

ALGUMA COISA?
NENHUM FLOCO DE NEVE.
WATTERSON

Calvin e Haroldo
by WATTERSON
PODEMOS COMPRAR ESSA ÁRVORE, MÃE? PODEMOS?
NÃO SEI, CALVIN. ELA É BEM CARA.
É, MAS IMAGINE QUANTOS PRESENTES CABEM EMBAIXO DELA!
PAI! AJUDA A CARREGAR A ÁRVORE QUE A MAMÃE E EU COMPRAMOS! ELA É ENORME!
ACHO QUE ESSE ANO PODÍAMOS DEIXÁ-LA NA GARAGEM.
NA GARAGEM?!
CLARO. VOCÊ PODERÁ IR LÁ VER A ÁRVORE A HORA QUE QUISER E NÓS NÃO PRECISAREMOS PERDER TEMPO DECORANDO ELA.
NÓS NÃO VAMOS DECORAR A ÁRVORE?!?
PARA QUE O INCÔMODO? VAMOS DESMONTÁ-LA EM DUAS SEMANAS. NO NATAL, SE VOCÊ GANHAR UM PRESENTE...
WATTERSON
SE EU GANHAR UM PRESENTE?!
... VOCÊ PODE ABRI-LO NA GARAGEM E FINGIR QUE HÁ UMA PORÇÃO DE LUZES E...
MAANHÊ!
ALGUÉM AQUI SÓ VAI GANHAR MEIAS ESSE ANO, ENGRAÇADINHO.
O NATAL FICA MENOS FELIZ A CADA ANO QUE PASSA.

Querido Papai Noel,
segue anexa a minha lista de presentes para este ano.
No ano passado não recebi uma série de itens da minha lista.
Para sua conveniência, agrupei esses itens na página 12. Por favor, leia com atenção e mande junto com os presentes deste ano.
SABE QUAL O PROBLEMA DESSE CARA? ELE FICOU DESLEIXADO COM A FALTA DE CONCORRÊNCIA.
WATERSON

ELE SABE QUANDO VOCÊ VAI DORMIR, ELE SABE QUANDO VOCÊ ACORDOU...
ELE SABE SE VOCÊ FOI BOM OU MAU, ENTÃO SEJA BOM PORQUE ELE É O TAL!
* CLIC *
PAPAI NOEL: VELHINHO BONDOSO OU AGENTE DA CIA?
WATERSON

ESSA HISTÓRIA DE PAPAI NOEL ME INCOMODA... PRINCIPALMENTE PORQUE ELE É O JÚRI E O JUIZ.
QUEM NOMEOU O PAPAI NOEL? COMO A GENTE SABE QUE ELE É IMPARCIAL? QUE CRITÉRIOS ELE USA PARA DETERMINAR O QUE É BOM E O QUE É MAU?
E ONDE FORAM PARAR AS CIRCUNSTÂNCIAS ATENUANTES? AS CRIANÇAS DEVIAM PODER CONTAR COM UM ADVOGADO, VOCÊ NÃO ACHA?
VOCÊ ESTÁ PREOCUPADO COM O INCIDENTE DA SALAMANDRA, NÃO É?
INSANIDADE TEMPORÁRIA! FOI SÓ ISSO!

DIZEM QUE O PAPAI NOEL SABE SE VOCÊ FOI BOM OU MAU, MAS E SE ALGUÉM FOI MAIS OU MENOS OS **DOIS**?
QUER DIZER, SUPONHAMOS QUE UMA CRIANÇA **TENTOU** SER BOA... PELO MENOS, BEM... NA MAIOR PARTE DO TEMPO, MAS COISAS RUINS CONTINUARAM A ACONTECER INEXPLICAVELMENTE?
SUPONHAMOS QUE UMA CRIANÇA FOI TREMENDAMENTE AZARADA, E ACABOU CULPADA POR UMA PORÇÃO DE COISAS QUE ELA FEZ SÓ **MAIS OU MENOS** DE PROPÓSITO?
E DE QUEM EXATAMENTE ESTAMOS FALANDO?
É UM CASO MERAMENTE HIPOTÉTICO, SR. ESPERTALHÃO.
WATTERSON

ESSA HISTÓRIA TODA DE PAPAI NOEL NÃO FAZ SENTIDO.
POR QUE TODO O SEGREDO? POR QUE TODO O MISTÉRIO? SE O CARA EXISTE, POR QUE ELE NÃO APARECE E PROVA DE UMA VEZ?
E SE ELE **NÃO** EXISTE, QUAL O SENTIDO DISSO TUDO?
NÃO SEI... NÃO É UMA FESTA RELIGIOSA?
É, MAS NA VERDADE EU TENHO AS MESMAS DÚVIDAS SOBRE DEUS.
WATTERSON

PUXA, HAROLDO, E SE EU NÃO GANHAR PRESENTES ESSE ANO PORQUE DUVIDEI DA EXISTÊNCIA DO PAPAI NOEL?
IMAGINE SE ELE ESTIVER ME COLOCANDO NA LISTA DOS MENINOS "MAUS" AGORA MESMO! ISSO SERIA TERRÍVEL!
PESSOALMENTE, ACHO QUE SE VOCÊ NÃO ESTAVA NA LISTA DOS MENINOS "MAUS" ATÉ AGORA, NÃO É ISSO QUE VAI COLOCÁ-LO.
OBRIGADO PELO CONSOLO, CÉREBRO-DE-MINGAU.
VIU? **VIU** POR QUE VOCÊ ESTÁ NA LISTA DOS "MAUS"? INSULTOS!

BOM, DECIDI QUE *ACREDITO* EM PAPAI NOEL, NÃO IMPORTA QUÃO ABSURDO ISSO PAREÇA.
O QUE TE CONVENCEU?
UMA SIMPLES ANÁLISE DE RISCOS.
QUERO PRESENTES. *MUITOS* PRESENTES. PARA QUE ARRISCAR TUDO POR UMA MERA QUESTÃO DE CRENÇA? QUE SE DANE, EU ACREDITO NO QUE ELES QUISEREM.
MUITO CINICAMENTE EMPREENDEDOR DA SUA PARTE.
É O ESPÍRITO NATALINO.

PSIU! ESTÁ ACORDADO?
É CLARO.
AINDA NÃO OUVI O PAPAI NOEL, E VOCÊ? SERÁ QUE ELE VEM?
SÃO SÓ 11 HORAS. TALVEZ ELE PASSE AQUI MAIS TARDE.
TUMP!
* GASP * OUVIU ISSO?
É ELE! É O PAPAI NOEL! ELE ESTÁ DIZENDO ALGUMA COISA!
CACILDA PIPAROTE PUTZGRILA AIAIAI UFA UFA ARGH DOR DOR!
SILÊNCIO, QUERIDO! O CALVIN VAI OUVIR!

GANHAMOS PRESENTES! O PAPAI NOEL VEIO! ELE VEIO! ELE VEIO!
AH, NÃO... JÁ AMANHECEU?
BOM, TECNICAMENTE SIM...

Calvin e Haroldo
by WATTERSON
TOME ESSA CAIXA DE LÁPIS DE COR. QUERO QUE VOCÊ ILUSTRE UMA HISTÓRIA QUE ESTOU ESCREVENDO.
VOCÊ SABE DESENHAR OUTRA COISA ALÉM DE TIGRES, NÃO SABE?
CLARO. LEOPARDOS, PUMAS, ONÇAS... O QUE VOCÊ QUISER.
AQUI, PAI, LEIA ESSA HISTÓRIA HOJE. EU ESCREVI E O HAROLDO ILUSTROU.
... HMM... OK.
"O PAI QUE SE ARREPENDEU DE MALTRATAR O FILHO."
POR QUE VOCÊ PAROU? CONTINUA.
O pai do Barney era muito mau, então Barney bolou um plano. Quando seu pai disse "coma as ervilhas!", Barney gritou "NÃO!" e fugiu.
Ervilhas
Barney
Barney enganou o pai cruel e o trancou no porão. Sua mãe nunca descobriu onde ele foi parar, porque Barney nunca contou pra ela.
porta
chave
O pai passou o resto da vida comendo ratos e mingau. Por cinqüenta anos, a cada mordida ele se arrependeu de ter sido cruel.
FIM
pai do Barney
ratos
SABE QUE MUITAS DESSAS HISTÓRIAS TÊM UMA MORAL...?
ENTENDI, ENTENDI!
WATTERSON & Haroldo

O QUE VOCÊ ACHA QUE REPRESENTA A VERDADEIRA FELICIDADE?
DINHEIRO, CARROS E MULHERES?
... OU SÓ DINHEIRO E CARROS?
HEEEIN?
WATERSON

OLHA SÓ! VOCÊ CHAMA ISSO DE NEVE?!
NÃO CAIU NEM UM CENTÍMETRO DE NEVE! PARA QUE SERVE MENOS DE UM CENTÍMETRO DE NEVE?!
WATERSON
BOM, É BONITO.
NINGUÉM NUNCA FECHOU UMA ESCOLA POR CONTA DE BELEZA.

ESSA É A FORTALEZA DE NEVE MAIS ROBUSTA QUE JÁ EXISTIU!
CONTINUE JUNTANDO NEVE. SERÁ INDESTRUTÍVEL.
VAMOS JOGAR ÁGUA PARA ELA CONGELAR DE NOITE. ASSIM A FORTALEZA VAI DURAR ATÉ O VERÃO!
CADÊ ESSE MOLEQUE?!

MINHA FORTALEZA RESISTE A QUALQUER ATAQUE!
ODEIO ESSA VIZINHANÇA.

PAF!
QUE BOM QUE **VOCÊ** ESTÁ AQUI DENTRO.
É MUITO CÔMODO NÃO TER BOTA E CASACO PARA TIRAR.

COM ESSA FORTALEZA, SOU INVULNERÁVEL!
DETRÁS DESSA MURALHA, POSSO LANÇAR UM BOMBARDEIO BRUTAL DE BOLAS DE NEVE E ME PROTEGER DE QUALQUER RETALIAÇÃO.
PAF!
É PRA ATACAR DO *OUTRO* LADO, SEU TONTO!!

ODEIO ESPERAR O ÔNIBUS DA ESCOLA EM DIAS ASSIM.
UM FRIO DE RACHAR DESSES PRECISA SER APROVEITADO NA CAMA, COM UMA XÍCARA DE CHOCOLATE QUENTE E UMA PILHA DE GIBIS.
É O QUE EU QUERIA ESTAR FAZENDO AGORA.
ASSIM QUE ME FORMAR, VOU PASSAR *TODOS* OS INVERNOS DESSE JEITO.
ESPERO QUE O ÔNIBUS CHEGUE LOGO. MEU CHOCOLATE QUENTE VAI ESFRIAR.

VOCÊ VAI PASSAR O DIA TODO AQUI DENTRO?
PRECISA BRINCAR LÁ FORA E TOMAR AR FRESCO!

Calvin e Haroldo
by WATTERSON
HOP HOP HOP HOP
HOP HOP
VOCÊ JÁ FEZ AS SUAS PROMESSAS PARA O ANO QUE VEM?
FIZ NADA.
ESTOU ÓTIMO ASSIM! POR QUE **EU** DEVERIA MUDAR?
NA VERDADE, ACHO QUE JÁ É HORA DE O MUNDO MUDAR PARA O **MEU** JEITO DE SER. NÃO VEJO POR QUE **EU** DEVA SOFRER TODAS AS MUDANÇAS POR AQUI!
SE ALGUÉM PRECISA DE PROMESSAS DE ANO-NOVO, SÃO OS OUTROS, NÃO EU! **EU** NÃO PRECISO MELHORAR! OS **OUTROS** É QUE PRECISAM!
E VOCÊ? FEZ ALGUMA PROMESSA?
BOM, EU PROMETI QUE IA ME OFENDER MENOS COM A NATUREZA HUMANA, MAS ACHO QUE JÁ QUEBREI A PROMESSA.
WATTERSON

ME AJUDE COM ESSA LIÇÃO DE CASA, HAROLDO. QUANTO É 3 + 8?
OK, DIGAMOS QUE A RESPOSTA É O "X". "X" SIGNIFICA MULTIPLICAR, ENTÃO PEGUE O DENOMINADOR (DO LATIM "DEZ NOMEADORES") E JOGUE PARA O OUTRO LADO DA EQUAÇÃO.
ASSIM FICAM TRÊS DESSE LADO, ENTÃO TRÊS VEZES O QUE DÁ OITO? A RESPOSTA, OBVIAMENTE, É SEIS.
PUXA, DEVO TER ERRADO TODOS OS OUTROS.
ESSES PROBLEMAS SÃO BEM COMPLEXOS PARA A PRIMEIRA SÉRIE, SE VOCÊ QUER SABER.
WATTERSON

OLHA SÓ OUTRA CONTA DE MATEMÁTICA QUE NÃO CONSIGO RESOLVER. QUANTO É 9 + 4?
AHH, ESSA É COMPLICADA. VOCÊ PRECISA USAR CÁLCULO AVANÇADO E NÚMEROS IMAGINÁRIOS.
NÚMEROS IMAGINÁRIOS?!
VOCÊ SABE, ONZEGÉSIMO, TRINTA-E-DOZE, ESSAS COISAS. É UM POUCO CONFUSO NO COMEÇO.
COMO É QUE VOCÊ APRENDEU TUDO ISSO? VOCÊ NUNCA NEM FOI À ESCOLA!
INSTINTO. OS TIGRES JÁ NASCEM COM ELE.
WATTERSON

JOGUE uma PEDRA em MIM

ESTOU CONGELANDO NESTA CASA! ALGUÉM AUMENTA O TERMOSTATO! POR QUE VOCÊS NÃO ACENDEM A LAREIRA?!
SE NÃO TEMOS DINHEIRO PARA AQUECER A CASA, TALVEZ O PAPAI DEVESSE ARRUMAR UM EMPREGO MELHOR! POR QUE NÃO MUDAMOS PARA A FLÓRIDA?!
CALVIN, ACALME-SE E PÕE UM CASACO SE ESTÁ COM FRIO.
E VOU ME DAR TODO ESSE TRABALHO?!

LI QUE UMA FAMÍLIA NORMAL ASSISTE EM MÉDIA A 7 HORAS E MEIA DE TV POR DIA.
A MAMÃE DISSE QUE NÃO VÊ TV ENQUANTO ESTOU NA ESCOLA...
... ENTÃO SE EU CHEGO EM CASA ÀS TRÊS, DEVERIA TER QUE VER TV ATÉ ÀS 10 E MEIA, CERTO?
ERRADO.
VOCÊ QUER FICAR ABAIXO DA MÉDIA?

MÃE, A ROUPA ESTÁ PRONTA!
OK.
VOCÊ NÃO VAI PÔR A ROUPA NA SECADORA?
DAQUI A POUCO.
QUER DIZER QUE VOCÊ VAI DEIXAR TUDO NA LAVADORA?!?
NÃO DÁ PARA VER QUE ESTOU OCUPADA, CALVIN??
ELA DISSE QUE ESTÁ OCUPADA.
ESPERO QUE FALTE TOALHA DA PRÓXIMA VEZ QUE ELA TOMAR BANHO.

Calvin e Haroldo
by WATTERSON
DUAS PARTES DE LAMA... UMA DE GELO SÓLIDO... UMA DE NEVE BATIDA... UMA PITADA DE PEDREGULHINHOS...
FAÇA UMA ESFERA E ATIRE EM ALTA VELOCIDADE E SEM AVISO.
BELEZA, LÁ VEM A SUSIE!
EI, SUSIE!
PAF!
HA, HA! TE PEGUEI, SUA TONTA!!
ARGHH!
MEU GLOBO OCULAR! CADÊ MEU GLOBO OCULAR?!
DO QUÊ VOCÊ ESTÁ FALANDO? EU TE ACERTEI NA NUCA.
MAS ELE SALTOU COM O IMPACTO! VOCÊ TEM QUE ENCONTRAR E COBRIR DE NEVE, PARA PODEREM SALVÁ-LO! AI! AI!
PUXA, VOCÊ PERDEU MESMO SEU GLOBO OCULAR? EU NÃO FAZIA IDÉIA DE QUE ELES SAÍAM ASSIM! UAU! ME DESCULPA MESMO. EU NÃO QUERIA ARRANCAR ELE. POSSO VER O BURACO? NOSSA, ONDE VOCÊ ACHA QUE ELE FOI PARAR?
WATTERSON
ACHO QUE ESTÁ ALI, CABEÇA-DE-GIRINO!!
CHUTE
O QUE VOCÊ ESTÁ FAZENDO?
MEU GLOBO OCULAR CAIU. ME AJUDA A PROCURAR.

QUEM VEM VISITAR A GENTE?
SEU TIO MAX. ACHEI QUE TINHA DITO.
TIO MAX? EU NÃO ME LEMBRO DE NENHUM TIO MAX. VOCÊ TEM CERTEZA DE QUE ELE É NOSSO PARENTE? E SE FOR UM VIGARISTA TENTANDO APLICAR UM GOLPE?!
CLARO QUE É NOSSO PARENTE. ELE É IRMÃO DO SEU PAI. SÓ QUE FAZ MUITOS ANOS QUE ELE NÃO VEM NOS VISITAR.
POR QUÊ? ELE ESTAVA PRESO?
NÃO! DEUS DO CÉU, CALVIN.
SE BEM QUE... SENDO O MAX É ATÉ POSSÍVEL.

ESTAMOS CHEGANDO AO AEROPORTO, CALVIN. VOCÊ VIU OS AVIÕES?
POR QUE É QUE ESTÁ TÃO QUIETO AÍ ATRÁS? NÃO ESTÁ EMPOLGADO PARA VER O TIO MAX?
... ESTOU...
SÓ ESPERO QUE NINGUÉM PENSE QUE VOU DAR O MEU QUARTO ENQUANTO ELE ESTIVER POR AQUI.

QUE BOM TE VER, MAX! PARECE QUE FAZ MIL ANOS.
É MESMO.
NÃO ME DEI CONTA DE QUE FAZIA TANTO TEMPO ATÉ VER O CALVIN. ESSE RAPAZINHO CRESCEU MESMO.
E ENTÃO GAROTO, O QUE ME DIZ?
EU DIGO QUE É MELHOR VOCÊ TOMAR CUIDADO PORQUE EU TENHO UM TIGRE DEVORADOR DE GENTE EM CASA E, AO MEU MENOR SINAL, ELE PODE ARRANCAR OS SEUS PULMÕES.
QUE CRIANÇA SIMPÁTICA, MANO.

E ESSE É O **MEU** QUARTO, TIO MAX. NÃO SEI ONDE VOCÊ VAI DORMIR, MAS AQUI É QUE NÃO É.
SAQUEI. BELO QUARTO.
ESSE É O HAROLDO. EU NÃO CHEGARIA PERTO SE FOSSE VOCÊ.
NÃO SE PREOCUPE. ELE PARECE MESMO SELVAGEM.
SIM. MANDÍBULAS DA MORTE É O QUE ELE TEM.
... E SANGUE NOS OLHOS. DÁ PRA PERCEBER. A... ACHO QUE VOU DESCER.
O TIO MAX PARECE BEM ESPERTO. DIFÍCIL ACREDITAR QUE ELE É PARENTE DO PAPAI.
"SANGUE NOS OLHOS", ELE DISSE! UAU! NOS DOIS?

EI! O QUE VOCÊ ESTÁ FAZENDO, GAROTO?!
ESTOU VASCULHANDO AS SUAS COISAS. O QUE PARECE QUE ESTOU FAZENDO?
A MAMÃE E O PAPAI CRIARAM VOCÊ DE VERDADE OU SÓ TE DESAMARRARAM PARA A MINHA VISITA?
VOCÊ NÃO ME TROUXE UM PRESENTE? NÃO ACHEI EM LUGAR NENHUM.

ESSE É O MEU LUGAR? NÃO POSSO SENTAR ALI? QUERO SENTAR PERTO DO TIO MAX. POSSO? POR FAVOR? POR FAVOR?
OK, TUDO BEM. PODE COLOCAR SUA CADEIRA ALI.
VOCÊ DEVIA SE SENTIR LISONJEADO, MAX. O CALVIN PEDIU PARA SENTAR DO SEU LADO.
EI, QUE LEGAL.
PRRRFFPTPT!

VOCÊ TEM FILHOS, TIO MAX?
EU? NÃO, AINDA NEM SOU CASADO.
AH.
E QUE DIFERENÇA *ISSO* FAZ?
ELE VÊ MUITA TV, NÃO?

NOSSA, O CALVIN ARRASTA AQUELE TIGRE DE PELÚCIA POR TODA PARTE.
SIM, ELES SÃO INSEPARÁVEIS.
VOCÊ NÃO SE PREOCUPA? QUER DIZER, ELE NÃO DEVERIA ESTAR BRINCANDO COM AMIGOS DE VERDADE?
AH, EU ACHO QUE ELE VAI, QUANDO ESTIVER PRONTO. VOCÊ NUNCA TEVE UM AMIGO IMAGINÁRIO?
ÀS VEZES ACHO QUE *TODOS* OS MEUS AMIGOS FORAM IMAGINÁRIOS.

TIO MAX, OLHE! VOU TE MOSTRAR UM TRUQUE MÁGICO DE DESAPARECIMENTO!
OK, PRIMEIRO EU PRECISO DE UMA NOTA DE VINTE DÓLARES.
E SE, EM VEZ DA NOTA, EU TE DESSE UMA MOEDINHA?
NÃO, FUNCIONA MELHOR COM UMA NOTA DE VINTE. ... OU DE CINQÜENTA, SE VOCÊ TIVER.
ENTÃO QUER DIZER QUE VOCÊ ACHA O SEU TIO MAX UM PASPALHO?
POR QUÊ, O PAPAI TE DISSE COMO FUNCIONA O TRUQUE?

QUANDO VOCÊ VAI VOLTAR PARA CASA, TIO MAX?
AMANHÃ. ESTÁ ANSIOSO, É?
PUXA, EU QUERIA QUE VOCÊ FICASSE PARA SEMPRE.
QUE COISA BONITA DE SE DIZER! VOCÊ É LEGAL, CALVIN.
A MAMÃE É BEM MAIS PACIENTE COMIGO NA FRENTE DAS VISITAS.

ATÉ LOGO, MAX. FOI BOM TE VER DE NOVO.
VOCÊ TAMBÉM.
FAÇA UMA BOA VIAGEM.
VENHA ME VISITAR, ESTÁ BEM, AMIGO?
DANE-SE, EU VOU AGORA. ATÉ LOGO, MÃE! ADEUS, PAI!
CALVIN, VOLTE AQUI!
EU NUNCA FAÇO NADA DIVERTIDO.
PERDEU SUA CHANCE, QUERIDA. PODÍAMOS TER COMPRADO UMA PASSAGEM.
BEM...

Z

Calvin e Haroldo
by WATTERSON
PRECISO VOLTAR PARA CASA. MAIS CINCO MINUTOS E VOU VIRAR UM BLOCO DE GELO.
CÉUS, ESPERO QUE NÃO SEJA NINGUÉM QUE EU CONHEÇA.
VOCÊ PARECIA ESTAR MORRENDO DE FRIO LÁ FORA, ENTÃO PREPAREI CHOCOLATE QUENTE E BISCOITOS COM PASTA DE AMENDOIM.
TIRE ESSAS ROUPAS MOLHADAS E VÁ SE ENROLAR NUM COBERTOR EM FRENTE À LAREIRA.
AQUI ESTÁ O HAROLDO E UM GIBI. ESTÁ QUENTINHO?
ÃRRÃ. OBRIGADO.
ELA ATÉ BOTOU MARSHMALLOWS NO CHOCOLATE QUENTE.
NADA COMO UMA MÃE PARA MIMAR A GENTE.
VOCÊ VAI COMER ESSES BISCOITOS COM PASTA DE AMENDOIM SOZINHO OU O QUÊ?
WATTERSON

Calvin e Haroldo
by WATTERSON
SETE... OITO... NOVE... DEZ!
ESSA CASA É MINHA! HA, HA! VOCÊ ME DEVE DINHEIRO!
... HÃ... ONZE!
ALTO LÁ, ESPERTINHO!
O QUE VOCÊ ESTÁ FAZENDO? NÃO PODE SIMPLESMENTE PEGAR DINHEIRO DO BANCO!
VOCÊ TEM HOTÉIS EM TODAS AS SUAS PROPRIEDADES. NÃO TENHO COMO TE PAGAR, ENTÃO INVADI O BANCO. É UM ASSALTO!
VOCÊ NÃO PODE FAZER ISSO!
EU SOU O BANQUEIRO, CERTO? VOU ARRISCAR MINHA VIDA POR ALGUNS MILHARES DE DÓLARES?
NÃO ESTÁ NAS REGRAS QUE VOCÊ PODE ROUBAR O BANCO. ISSO É TRAPAÇA.
ESTÁ ESCRITO AÍ QUE É PROIBIDO ROUBAR O BANCO? HEIN? ESTÁ? JOGUE OS DADOS E ACEITE ISSO COMO UMA GUINADA TRÁGICA DO DESTINO, OK?
OK, ENTÃO, SE É ASSIM QUE ESTAMOS JOGANDO, EU ROUBO VOCÊ!
RÁ! E EU ROUBO AS SUAS COMPANHIAS DE METRÔ E DE TREM!
AH, É? BOM, EU VOU COLOCAR TODAS AS MINHAS PROPRIEDADES BEM NA CASA EM QUE VOCÊ ACABOU DE CAIR! VOCÊ ME DEVE 250 MIL DÓLARES!
É O QUE VOCÊ PENSA, SEU... SEU...
NÃO É UMA GRAÇA COMO O CALVIN JOGA BANCO IMOBILIÁRIO COM O TIGRE DE PELÚCIA?
NÃO SEI, NÃO... OUVI ELE DIZENDO UMAS COISAS QUE CERTAMENTE NÃO APRENDEU NESTA CASA.
WATTERSON

AAGHH, NÃO ACREDITO QUE TEREMOS QUE FAZER ESSE TRABALHO JUNTOS.
ESPERO QUE VOCÊ FAÇA DIREITO! NÃO QUERO REPETIR DE ANO SÓ PORQUE CAÍ COM UM PARCEIRO PANACA.
PANACA?? E QUEM É QUE ABRE O SANDUÍCHE E COME OS INGREDIENTES UM POR UM?
O QUE HÁ DE MAL NISSO?!
É O SUPRA-SUMO DA PASPALHICE.
NÃO É!
WATTERSON

OK, É O SEGUINTE. PRECISAMOS FAZER ESSE PROJETO IDIOTA JUNTOS, ENTÃO É MELHOR FAZERMOS DE UMA VEZ. QUAL É A TAREFA?
VOCÊ NÃO ESTAVA NEM PRESTANDO ATENÇÃO?! E SE EU NÃO ESTIVESSE AQUI, O QUE VOCÊ FARIA?? REPETIRIA DE ANO E SERIA MANDADO DE VOLTA PARA O MATERNAL, É ISSO!
VOCÊ QUE PENSA! OUVI DIZER QUE ALGUMAS CRIANÇAS NÃO PRESTAM ATENÇÃO NA AULA PORQUE O RITMO É MUITO DEVAGAR PARA ELAS. SOMOS INTELIGENTES DEMAIS PARA A CLASSE.
AH, CERTO. VOCÊ É INTELIGENTE DEMAIS.
PODE CRER, MOCINHA. SABIA QUE O EINSTEIN TIRAVA NOTAS PÉSSIMAS NA ESCOLA? BEM, AS MINHAS SÃO PIORES!

E O QUE NÓS TEMOS QUE FAZER MESMO?
NÓS TEMOS QUE PESQUISAR SOBRE O PLANETA MERCÚRIO.
E O QUE NÓS DESCOBRIMOS?
NADA! EU NÃO VOU FAZER TUDO SOZINHA!
VOCÊ PROVAVELMENTE FARIA TUDO ERRADO. VAMOS COMEÇAR.
SIM! VAMOS!
EU ADMINISTRO E VOCÊ TRABALHA. PRIMEIRO, PEGUE UNS LIVROS.
ALGUÉM QUER TROCAR DE PARCEIRO?
WATTERSON

O QUE VOCÊ ESTÁ FAZENDO?! VOCÊ ESTÁ DESENHANDO! VOCÊ ESTÁ AQUI SENTADO DESENHANDO MARCIANOS ENQUANTO DEVERIA ESTAR PESQUISANDO!
VOCÊ AINDA NÃO FEZ NADA! VOCÊ NÃO SE IMPORTA?? QUAL É O SEU PROBLEMA?!
NÃO ADIANTA! NÓS VAMOS REPETIR! VOU ACABAR NUMA FACULDADE DE SEGUNDA PORQUE MEU PARCEIRO IDIOTA, EM VEZ DE PESQUISAR, FICOU DESENHANDO MARCIANOS!
POR QUE EU? POR QUE EU? POR QUE EU?
CALMA, ISSO VAI TE ANIMAR. O MARCIANO SE MEXE QUANDO A GENTE VIRA AS PÁGINAS! OLHA SÓ, DÁ PRA VER ELE COMENDO UM ASTRONAUTA!

OLHA AQUI, CÉREBRO-DE-MINHOCA, VOCÊ DESPERDIÇOU ESSA SEMANA TODA NA BIBLIOTECA.
TEMOS QUE APRESENTAR O TRABALHO NA SEGUNDA. É MELHOR VOCÊ RALAR NO FIM DE SEMANA, SENÃO VOU CONTAR PARA A PROFESSORA QUE VOCÊ NÃO FEZ NADA. ENTENDEU?
... ENTÃO, DIZ ALGUMA COISA!! VOCÊ ESTÁ ENTENDENDO?! ISSO É IMPORTANTE!
GRONC! GRIBBLE GOC! GAC GORC! GOONC!!
SPIFF OBSERVA O ESTRANHO ALIENÍGENA. ELE PARECE ESTAR TENTANDO SE COMUNICAR.

CALVIN, TELEFONE!
POR QUE VOCÊ NÃO ESTÁ NA BIBLIOTECA?!?

TEMOS QUE APRESENTAR O TRABALHO SOBRE MERCÚRIO HOJE. VOCÊ FEZ A SUA PARTE?
CLARO QUE FIZ. E APOSTO QUE, PERTO DA MINHA, A SUA VAI PARECER PATÉTICA.
É *MELHOR* MESMO... SENÃO...
O PLANETA MERCÚRIO
Um Trabalho Exaustivamente Pesquisado por Calvin

"... E, ENTÃO, MERCÚRIO É UM PLANETA QUENTE E ÁRIDO, O MAIS PRÓXIMO DO SOL."
E AQUI ESTÁ MEU PARCEIRO CALVIN, QUE VAI FALAR DA MITOLOGIA DE MERCÚRIO.
OBRIGADO, OBRIGADO! EI, QUE BELA PLATÉIA! VOCÊS ESTÃO ÓTIMOS ESTA MANHÃ... SÉRIO MESMO, DE VERDADE! VAMOS LÁ, UMA SALVA DE PALMAS PARA VOCÊS!
SABEM QUE A COISA MAIS ENGRAÇADA ACONTECEU ONTEM NO CAMINHO PARA A BIBLIOTECA...
ISSO NÃO É MINHA CULPA, SRA. WORMWOOD!

O NOME DO PLANETA MERCÚRIO VEM DE UM DEUS ROMANO QUE TINHA OS PÉS ALADOS.
MERCÚRIO ERA O DEUS DAS FLORES E DOS BUQUÊS, E POR ISSO HOJE É A MARCA REGISTRADA DA ASSOCIAÇÃO DOS FLORISTAS.
NÃO ME PERGUNTEM POR QUE DERAM O NOME DESSE CARA PARA UM PLANETA.
... HÃ... DE VOLTA COM VOCÊ, SUSIE.

CARA, A COISA PEGOU FOGO QUANDO APRESENTEI A MINHA PARTE DO TRABALHO.
NUNCA VI A SUSIE TÃO BRAVA. ELA ME ACUSOU DE NÃO PESQUISAR NADA E DISSE QUE EU INVENTEI TUDO O QUE FALEI.
E VOCÊ INVENTOU?
CLARO QUE NÃO. SÓ TOMEI ALGUMAS LIBERDADES CRIATIVAS.
E ELES CHAMARAM SUA MÃE POR CAUSA DE ALGUMAS LIBERDADES CRIATIVAS?
É, E EU ACHEI QUE A *SUSIE* ESTAVA FURIOSA...
WATTERSON

VOCÊ NÃO ODEIA QUANDO SUA MELECA CONGELA?
WATTERSON

AQUI ESTAMOS, NA BEIRA DO DESFILADEIRO SUICIDA, PRESTES A NOS ARREMESSAR NUMA VELOCIDADE DE QUEBRAR O PESCOÇO, E NUM TRENÓ SEM DIREÇÃO!
ARRISCANDO A VIDA E A SAÚDE! OLHANDO A MORTE DIRETO NOS OLHOS!
"POR QUÊ?", VOCÊ PERGUNTA! POR QUE ESTAMOS FAZENDO ISSO??
PORQUE SEREMOS PAGOS, EU ESPERO.
PORQUE ESTÁ TUDO LÁ!
WATTERSON

Calvin e Haroldo
by WATTERSON
O PLANETA PÂNTANO - POÇAS DE LIXO TÓXICO BORBULHAM SOB A ATMOSFERA ASFIXIANTE DE GASES VENENOSOS.
... TIRANDO ISSO, ELE É BEM DIFERENTE DA TERRA.
ENCONTRAMOS O ASTRONAUTA SPIFF LUTANDO PARA SOBREVIVER NUM PLANETA DISTANTE!
DE REPENTE, O CHÃO COMEÇA A TREMER! UMA NUVEM DE POEIRA SURGE NO HORIZONTE! É UM ZORG!!
NOSSO HERÓI CORRE PARA SE ESCONDER, MAS O ZORG O ALCANÇA!
SPIFF ATIRA SEU RAIO LASER, MAS A ARMA É INÚTIL CONTRA O MONSTRO!
O DESTEMIDO EXPLORADOR ESPACIAL É LEVADO PARA A CAVERNA DO ZORG, ONDE DESCOBRE UM CALDEIRÃO DE ÁGUA FERVENTE! OH, NÃO! NOSSO HERÓI ESTÁ PRESTES A SER COZINHADO VIVO!
FURIOSA, A MENTE DE SPIFF LUTA CONTRA O TEMPO...
E ENTÃO? ENTRE LOGO.
VOCÊ NÃO QUER SE INCLINAR ALI PARA VER SE A ÁGUA NÃO ESTÁ MUITO QUENTE?

Calvin e Haroldo
by WATTERSON
ESTOU SAINDO! SE ALGUÉM ME PROCURAR, ESTAREI NO QUINTAL! DEVO VOLTAR EM ALGUMAS HORAS! ESTOU SAINDO AGORA! LÁ VOU EU! ADEUS! ATÉ LOGO! TCHAU!
PISA PISA PISA PISA
PISA PISA PISA
EI, SUSIE, VEJA! ENCONTREI PEGADAS DE DINOSSAURO!
WATTERSON
ASSUSTADOR, NÃO É? APOSTO QUE VOCÊ NÃO SABIA QUE A VIZINHANÇA ESTAVA CHEIA DE DINOSSAUROS!
AINDA MAIS DE DINOSSAUROS QUE CALÇAM TÊNIS TAMANHO 20.

OLHA SÓ, HAROLDO, O ÚLTIMO AVANÇO DA TECNOLOGIA.
UMA PISTOLA D'ÁGUA?
CLARO QUE NÃO! É UMA VERSÃO NOVA E MELHORADA DO MEU TRANS-MOGRIFICADOR.
AGORA, PARA TRANSMOGRIFICAR AS COISAS, BASTA ATIRAR NELAS! DIGAMOS QUE VOCÊ NÃO GOSTE DA COR DO SEU LENÇOL. BOM, VOCÊ ATIRA E PRONTO, UM IGUANA!
É FÁCIL IMAGINAR A MIRÍADE DE UTILIDADES DE UM FAZEDOR PORTÁTIL DE IGUANAS.
NÃO *PRECISA* SER UM IGUANA. PODE SER QUALQUER COISA. SE A MAMÃE ESTIVER NOS ENCHENDO, POR EXEMPLO...
COMO É QUE A PISTOLA TRANSMOGRIFICADORA SABE NO QUE VAI TRANSMOGRI-FICAR AS COISAS?
TELEPATIA.
A PISTOLA AUTOMATICAMENTE LÊ SUAS ONDAS CEREBRAIS E TRANSFORMA O OBJETO NO QUE VOCÊ QUISER.
INCRÍVEL.
BOM, DEMOREI A MANHÃ INTEIRA PARA INVENTÁ-LA.
ENTÃO DIGAMOS QUE EU ESTEJA IMAGINANDO UM ENORME FILÉ DE ATUM GRELHADO...
CUIDADO PARA ONDE VOCÊ APONTA ESSA COISA!
OK, VAMOS TESTAR A PISTOLA TRANSMOGRI-FICADORA.
EU QUERO SER UM PTERO-DÁTILO, ENTÃO VOCÊ IMAGINA UM E APONTA O TRANSMO-GRIFICADOR PARA MIM.
ISSO VAI SER DEMAIS! VOU ATERRORIZAR UM POUCO A VIZINHANÇA E, QUANDO A GUARDA NACIONAL CHEGAR, VOCÊ ME TRANSFORMA DE VOLTA NUM GAROTO.
O QUE É UM PTERODÁTILO? UM TIPO DE INSETO?
NÃO, NÃO! É UM DINOS-SAURO VOADOR GIGANTE! NÃO ATIRE SE VOCÊ NÃO SABE O QUE É!!

UMA GALINHA?! VOCÊ ME TRANSMOGRIFICOU NUMA GALINHA!!
ERA PARA VOCÊ ME TRANSFORMAR NUM PTERODÁTILO, SEU PASPALHÃO!!
TUDO O QUE VOCÊ PRECISAVA FAZER ERA PENSAR NUM PTERODÁTILO! POR QUE VOCÊ PENSOU NUMA GALINHA?!?
ESTÁ QUASE NA HORA DO ALMOÇO.
AH, ENTENDI! AINDA BEM QUE VOCÊ NÃO ESTÁ COM VONTADE DE COMER CACHORRO-QUENTE!

AQUI ESTÁ A PISTOLA TRANSMOGRIFICADORA. TENTE DE NOVO, E DESSA VEZ FAÇA DIREITO. QUERO SER UM PTERO-DÁTILO.
OK, LÁ VAI.
ZAP
BOM, AGORA SIM!
PUXA, QUANDO É QUE VOCÊ VIROU UM COLOSSO DE SESSENTA METROS?
EU NÃO VIREI. POR QUÊ?

VOCÊ ME TRANSMOGRIFICOU NUM PTERODÁTILO NANICO??
EU MORRO DE MEDO DE DINOS-SAUROS GRANDES.
SEU IDIOTA! COMO É QUE VOU ATERRORIZAR A VIZINHANÇA ASSIM?!
NOSSA, ALGUÉM ESTÁ DE MAU HUMOR HOJE.
VOCÊ VAI VER SÓ!
ZAP
HA, HA! BEM FEITO!
VOCÊ, MEU AMIGO, ACABA DE COMETER UM GRANDE ERRO.

Calvin e Haroldo
by WATTERSON
PRONTO! AGORA NÓS DOIS FOMOS TRANSMOGRIFICADOS. ESTAMOS QUITES!
QUITES?? SÓ ESTARÍAMOS QUITES SE PASSAR DE TIGRE A PATO FOSSE CONSIDERADO UMA EVOLUÇÃO.
NÃO ERA ISTO QUE EU TINHA EM MENTE QUANDO PEDI QUE VOCÊ ME TRANSMOGRIFICASSE NUM PTERODÁTILO. PTERODÁTILOS SÃO GRANDES!
E POR ISSO VOCÊ ME TRANSFORMOU NUM PATO, É?
NADA MAIS JUSTO.
OK, VOU TE CONSERTAR COM O TRANSMOGRIFICADOR AGORINHA.
ZAP
ORA, SEU...!! DEVOLVE A PISTOLA!
PFFBT!
ZAP
UM INSULTO! ESTOU AINDA PIOR DO QUE ANTES!!
ZAP
ZAP
ZAP
Bem mais tarde...
ÓTIMO. QUE MARAVILHA. AGORA QUEM É O CALVIN E QUEM É O HAROLDO?
BOM, ESPERO QUE VOCÊ SEJA O CALVIN, PORQUE A MÃE DELE VAI TER UM ATAQUE QUANDO VER ISSO.
WATTERSON

OLHA, EU TE TRANSMOGRIFICO DE VOLTA EM TIGRE SE VOCÊ ME TRANSMOGRIFICAR NUM GAROTO, OK?
OK.
ZAP
AHHH, ASSIM ESTÁ BEM MELHOR.
AGORA É MINHA VEZ.
CLIC... CLIC... CLIC...
O QUE ACONTECEU?? NÃO ESTOU ME TRANSMOGRIFICANDO!
CARA, AINDA BEM QUE EU FUI O PRIMEIRO.

O QUE ACONTECEU COM O TRANSMOGRIFICADOR? POR QUE NÃO FUNCIONA??
UÉ, VOCÊ NÃO É O INVENTOR?
NÃO ME DIGA QUE SEREI UMA CORUJA PRO RESTO DA VIDA!
ACHO QUE AS CORUJAS COMEM RATOS. PODEMOS PROCURAR ALGUNS NO QUINTAL.
ISSO É TERRÍVEL! O QUE EU VOU FAZER?!
UGGH, EU NUNCA CONSEGUIRIA COMER UM RATO CRU. IMAGINE AQUELAS PATINHAS GELADAS DESCENDO PELA GARGANTA.
ESQUEÇA ESSES RATOS IDIOTAS E ME AJUDE A PENSAR!!!
SERÁ QUE AS LOJAS DE ANIMAIS TE VENDERIAM UM RATO SE SOUBESSEM QUE VOCÊ VAI COMÊ-LO?

OI, MÃE. SOU UMA CORUJA.
VOCÊ NÃO ME PARECE UMA CORUJA FELIZ.
NÃO. EU NÃO SOU.
QUEM SABE O ALMOÇO NÃO AJUDA?
DUVIDO. NÃO GOSTO DE RATOS.
TEMOS SOPA.
É SOPA DE RATO? EU NÃO GOSTO DE RATO.
EU OUVI. É DE TOMATE.

O QUE VOU FAZER, HAROLDO? NÃO POSSO SER UMA CORUJA PARA SEMPRE!
COMO VOU ME TRANSMOGRIFICAR DE VOLTA NUMA CRIANÇA SE O TRANSMO-GRIFICADOR QUEBROU?
TALVEZ VOCÊ DEVESSE ACEITAR O PROBLEMA. NÃO É TÃO RUIM SER UMA CORUJA EM VEZ DE UMA CRIANÇA. NA VERDADE, É ATÉ MELHOR.
MELHOR?! COMO?
BOM, EU NUNCA SOUBE COMO DIZER ISSO ANTES, MAS GAROTINHOS NÃO CHEIRAM TÃO BEM.

TENHO AULA AMANHÃ DE MANHÃ! O QUE AS CRIANÇAS VÃO DIZER QUANDO MF VIRFM?
OH, NÃO! ESTOU PER-DIDO! ESTOU PERDIDO!
DESDE QUANDO CORUJAS VÃO À ESCOLA?
ZIPARIDUDA
ZIPARIDEM
COMO É BELO O DIA, Ó MEU BEM!

HORA DE ACORDAR, CALVIN. SENÃO VOCÊ VAI PERDER O ÔNIBUS.
NÃO VOU À ESCOLA, MÃE. EU SOU UMA CORUJA.
NÃO É, NÃO. AGORA LEVANTE E SE VISTA.
EU NÃO SOU UMA CORUJA?
NÃO SOU! SOU EU DE NOVO! A TRANSMOGRIFICAÇÃO DEVE SER TEMPORÁRIA! O EFEITO PASSOU DE NOITE! EU SOU UMA CRIANÇA! EU POSSO...
... IR... À... ESCOLA.
... UÁÁÁÁ... DEIXE A CORTINA FECHADA QUANDO SAIR, OK?

Calvin e Haroldo
by WATTERSON
WATTERSON

Fim